明日死ぬかも
しれない自分、
そして
あなたたち

目次

第一章「私」

(1)

人生よ、私を楽しませてくれてありがとう。母方の曾祖母《そうそぼ》は、九十六歳で息を引き取る間際、愛用のスケッチブックにそう書き残した。そのラストメッセージは、彼女と関わりを持つすべての人々に語り継がれて行き、理想的な人生を締めくくったひと言として、羨望《せんぼう》の溜息《ためいき》と共に受け止められた、らしい。天晴《あっぱ》れな終わり方よねえ、とまるで立志伝中の人物について語るような調子を耳にしたのは一度や二度ではない。

そのたびに、そうか、と私は思う。皆、満足の行くように長生きをしてからこの世を去りたいのだな、と。そして、見事にそれをやってのけた曾祖母にあやかりたいと願っている。幸せな長い一生の、幸せな完結。そう常に意識しながら死ぬことを最大の目標として、今を生きる。ああ、素晴しきかな、人生。

曾祖母の言葉が書かれた小さなスケッチブックの一ページは、彼女の死後、切り取られ額装され、母方の親戚のどこかの壁に必ず飾られて来た。

私が最初にそれを見たのは、まだ幼なかった頃。今は亡き祖父母の家でだった。玄関の下駄箱の上のあたりに掛けてあり、来客との会話のきっかけを作るのに一役買っていた。

やがて気が付くと、それは伯母の家の床の間にあったが、そこを建て替えるのと同時に、叔父のマンションに移動したと聞く。妻である叔母は、たいそう嫌がったそうだが、結局、北欧風にまとめた居間の壁に居座り、違和感を振りまいたそうな。そして、その後、叔父の海外赴任が決まると、追い出されるようにして、とうとう我家にやって来た。

母方の血筋を渡り歩く流浪の言葉。まるで、捨てるに捨てられない先祖代々伝わる家宝のようだ。邪険に扱うには忍びないが、今さらありがたがるには目に慣れ過ぎている。よその人々のように、改めて感心することなど、もう出来ない。しかし、それでもまだ、私たち家族は、どこかでその額の御利益を信じていたと思う。まるで道標の御地蔵さんのように、誰もが心のどこかで意識していたのは間違いない。迷ったら、そこにいるし、と言わんばかりに。

ところが、家の中にいる全員が、その存在を完全に忘れていた時期があった。ひとりひとりに尋ねた訳ではなかったが、そうだったと私は確信している。それは、兄の澄生《すみお》も私も、まだ小学校の低学年だった頃。両親が離婚問題でもめていた時のことだ。

父も母も、それまでとは別人のように荒々しく好戦的になって行った。すったもんだとは、この事態を言うのか、と唖然《あぜん》としている内に毎日が過ぎた。父の女性関係が原因だったというのは後で聞いたことで、その時は何が何だか解らなかった。まだ若かった夫婦は、幼ない子供たちのために自らを律する術《すべ》を知らなかった。けれど、今思うと、かえってその方が良かったのだ。何故なら、私と兄は、いよいよやって来た親の離婚という局面で、身を切られるような悲しみを味わうのも忘れて、ほっとしてしまえたから。

まるで集中豪雨のような争いの果ての離婚は、あまりにも現金に、すぐさま父と母の間に出来た裂け目から太陽を覗《のぞ》かせ、家の中は嘘のように晴れた。母に子供たちの親権を渡して機嫌良く去って行く父を見送りながら、私は首を傾《かし》げた。どうしてだろう、あんまり寂しくないや。その瞬間から、父の不在が始まるのは知っていた。それなのに深刻な気持はやって来ない。母と同じように、父のことだって大好きなのに。

私は、その時、自分を冷たい子のように感じて、うしろめたくなった。父親を恋しがらない娘なんかいるかしら、と。

でも、今なら解る。父は、他の女と暮らすために家を出た。あらかじめ手にしていた幸せを彼なりに使い切って、新たな幸せの封を切るべく外に踏み出したのだ。子供たちと暮らせなくなったからといって、全然かわいそうじゃない。そして、たぶん、私は、かわいそうじゃない人間を恋しがらない性質《たち》なのだ。それに、そういう人は、かえってありがたい。私は、その時、まだ七歳だったが、既に、ある特定の人をかわいそうと思う気持が、自分をがんじがらめにしてしまうのを知っていた。

母と兄と私の、三人だけの日々は淡々と過ぎて行った。父の分の空白は、皆が、少しずつ補うことで埋められて行き、やがて目立たなくなった。兄のさりげない気の配り方によるところも大きかったかもしれない。いつもなら、ここで父が存在感を示す筈《はず》、という場面を、彼は、ごく自然な様子で引き取り自分のものにした。母と私は、それに対応している内に、思い出しかけた父を再び忘れてしまうのだった。

そんな日常のくり返しは、私たち親子を元から三人だったように錯覚させた。平和で退屈、そこに少しばかりの諍《いさか》いのアクセントを加えながら、満足感と共に入るベッド。母は、シーツの間で伸びをしながら、心地良さ気《げ》に呟《つぶや》いたものだ。あなたたちさえいれば、もう、なーんにも、いらなーい。

しかし、それは正しくなかった。母が新しい恋に落ちた時、私と兄は、そのことを悟った。親子の平穏な生活で満たされていても、母親の相手になる男の入り込む余地は、いくらでも作れる。そして、彼女は子供たちから得られるものとは別の楽しみを享受する。そう、デザートは別腹というのと同じことだ。

でも、仕方ない。私も兄も腹立たしく感じたりはしなかった。少し前まで赤の他人だった男が、一所懸命に理解者ぶろうとする様は胡散臭《うさんくさ》かったが、久々に母のいそいそした態度を見るのは悪くなかった。やきもちは感じなかった。それよりも、熱心過ぎる彼女の関心が子供たちからそれてくれるのを、私も兄も歓迎した。浮わついているのも、そんなに長い間ではないだろう、と予想していたし。だって、デザート、だもの。

そうたかをくくっていたから、結婚すると告げられた時には、正直、慌てた。新しい父親が出来るというのは、私たち兄妹《きょうだい》の人生設計には入っていなかったのだ。反対する理由はないが、不服を訴える権利はある。付き合っているだけじゃいけないの？　そう尋ねたら、母は、下腹のあたりに手を置いて、言った。

「あなたたちの弟か妹が、ここにいるのよ」

だって。

びっくり仰天。いつのまに。

私は、まだ、その頃、子が宿るためのメカニズムというものを知らなかったから、結婚という決意が赤ん坊を仕込んだのだと思い込んだ。だから、もう、どう言っても結婚に異議申し立てなど出来ない。それを伝えた時の兄は、ただ肩をすくめていたが、新しい父親には、おなかの子だけではなく、もうひとり、既に人間の形をした新しい弟ももれなく付いて来る、と聞いて目を輝かせた。

一度に家族が三人増える（ひとりは、まだ腹の中に身を隠しているにせよ）。このことを、まるで幸福という細胞が融合するかのように語り、子供たちを洗脳したのは、母の結婚相手だった。この人は、しばらくして、私と兄の新しい父親となり、自分の主張の正しさを証明して見せた。そう、私たちは、誰にも有無を言わせない、完璧に幸せな家族になったのだ。内側でくり広げられることと、外部からの視線がなぞるものに、何のずれもない。再婚は、大成功だった。

二組の親子がひとつになるべく移り住んだのは、東京郊外にある一軒家だった。古びているように見えたが、昔、アンティーク商のアメリカ人家族が住んでいたというだけあって、郷愁を漂わせる味のある手入れがされていた。そのひとつひとつ、たとえば真鍮《しんちゅう》のドアノブや木製の窓枠などが、母をいちいち感動させた。そして、その家を見つけ出して借りた夫に賞讃の言葉を惜しまなかった。私たちのこれからの人生をデザインするのに、あなたほど相応《ふさわ》しい人はいないわ、と彼女は言った。

実際、その家のディテイルのすべてが母に似合っていた。彼女がリバティプリントのブラウスの袖《そで》をまくり上げて、フランス窓を開けたりすると、新鮮な空気が流れ込むと同時に、詩情豊かな物語が始まるようだった。もちろん、詩情豊かというのは、今の私が当てはめた言葉だが、私は、当時、そんなに小さくても、それの漂う物語のことは、とうに知っていたのだ。

わくわくした。母は、二度目の結婚で、ようやく主人公になったのだ、と感じた。取り巻くものすべてが彼女を引き立てている。その事実を目の当《ま》たりにしながら、私は、嬉しさに息を詰まらせていた。何もかもが新品だ。家も家族も、それを包む空気も。そして、何よりも自分の心持ちが！

それなのに、何故だろう、ある日、学校から帰って玄関に足を踏み入れた途端、強烈な違和感を覚えたのだった。それは、身震いするほど強いもので、思わず後ずさりして、あたりを見渡した。下から上へと慎重に視線を移して行く内に、それは、私の目を釘付《くぎづ》けにした。

壁に掛けられた、かつては見慣れていた小さな額。もちろん、そこには、こう書かれている。


〈人生よ、私を楽しませてくれてありがとう〉


居間に駆け込んで、母の姿を捜した。彼女は、隅に置かれたライティングデスクで何か書き物をしていたが、血相を変えた娘の顔を認めて、驚いたように手を止めた。

「いったい、どうしたの？」

私は、必死に言葉を見つけようとした。考えてみたら、抗議する理由など何ひとつないのだ。

「ど、どうして、ひいおばあちゃまの額、また飾ったの？」

母は、怪訝《けげん》な顔をして答えた。

「どうしてって……あれは、うちに伝わるスローガンみたいなもんじゃないの。ずっと、ごたごたしてて、あれがあるのをすっかり忘れてたのね。おばあちゃまに悪いことしちゃったって反省して、また飾ったのよ」

「合わないよ！　あれ、このおうちに合わないよ！」

母は、笑い出した。

「うーん、ちょっと相田みつをっぽいかな？　でも、いいじゃない。縁起物よ」

「縁起が悪くっても縁起物って呼ぶの？」

「何言ってるの？　変な子ねえ」

そうだ、私は、いったい何故あの時、あんなにも変なことを言ったのだろう。ただ、嫌な予感がした。母はスローガンと言ったけれども、そんな希望に満ちた指針のようではない、もっと漠然とした大きなもの。それが、私たち家族のいる家全体に、重苦しく覆いかぶさって来るような感覚に襲われたのだ。幸せな死に際を証明して逝《い》ったひいおばあちゃま。けれども、残された言葉は、ひとり歩きして、私たちを脅《おびや》かすのではないか。そう感じて身震いしたあの時の自分を、あえて勘の良い子と呼んでやりたい。

楽天が過ぎた曾祖母の最後の文言は、呪縛《じゅばく》として我家に根を下ろした。母の離婚というひとつの不幸が新しい家族作りによって葬り去られた、その後に。

これからは、どんどん幸せの分量を増やして行く、と母が決意し、義父《ちち》がそれに同調し、子供たちが協力しようとした。意欲に燃えて、前向きになろうと心がけた新品の家族。それが、私たち、澄川《すみかわ》家。

何の不自由もない恵まれた家庭が私たち兄妹に与えられた。唯一の不満は、新しい名字になって、フルネームの中に澄という字が二つも入ってしまったこと。兄は澄川澄生になり、私は澄川真澄《ますみ》になったのだ。でも、すぐに気にしなくなった。新しい父親になった誠《まこと》さんが教えてくれたのだ。全然おかしくなんかないよ？　アメリカなんかの英語圏の人の名前なんて、わざと語呂合わせみたいにしちゃったりするんだから。ウイリアム・ウィルソンとか、フィリップ・フィリップスとかさ。

説得力には欠けていたけれども、ま、いいか、と思った。どうせ結婚すれば変わるのだ。兄だって、もしかしたら、どこかの家の養子になって、違う名字になるかも解らないし。そんなふうに、ふざけた調子で考えた。実現しなかったけれど。

だって、兄は、十七で死んでしまったのだもの。そして、私は、今もまだ結婚していない。三十歳。今日、誕生日を迎えて三十になった。なれた。明日、私は生きていられるのか。兄の死以来、そう問いかけながら日々を重ねて来た。これからの私の人生も、その延長にしか、ない。

私は、二歳年上の兄を、澄生と呼び捨てにしていた。常に母の大切な大切な宝物であった人。再婚してからも、彼は優先順位の一番上に置かれていたと思う。それは、母親は息子に甘い、という定説とは違っていた。むしろ、彼の方が母に甘かった。彼女が親らしいことを出来ずにしくじる時、彼は大人びた調子で、ママ、いいんだよ、と言うのだった。すると、彼女は膝《ひざ》を突き、がっくりとうなだれる。そして、許してね、と呟くのだ。まるで、御本尊様か何かを前にしたような慎ましやかな様子で。

二人のそんなやり取りを目にするたびに、私は違和感を覚えた。何だか薄気味悪いと感じたのだ。あの人たちの間には、たまに生身の生き物らしからぬ空気が漂っている、と思った。それを払拭《ふっしょく》したくて、私は、わざと、しつけのされていない動物の仔《こ》のように、乱暴に彼にじゃれ付いた。呼び捨てにして自分と同じレベルに引き下げたつもりになった。そうでもしないと、ふらりとどこかに行ったまま帰って来ないような気がして不安だったから。

でも、結局、兄は帰って来ないことになった。いや、その言い方は正しくない。正確に言えば、彼の体が帰って来なくなったのだ。彼の存在は、家族ひとりひとりに今も寄り添い続けている。そして、物言わぬまま、それぞれの呻《うめ》きに耳を傾《かたむ》けるのだ。皆、そう信じて心の内をさらけ出す。彼の前でだけは、不様《ぶざま》になってもいい。臆病者になってもいい。魂と面影のみで存在し続ける死者は、残された者たちに対して驚くほど従順である。望まれるように側《そば》にいてやるのだ。

澄生、あんたは本当に死んじゃったんだね。私は、日に何度となく、そう呟いて来た。すると、そのたびに事実を確認することになる。あんたは、あの時、死に選ばれた。私のその時は、いったいいつなのだろう。どういうふうに誘いをかけられるの？　あそれとも、いきなり襲われるの？　あるいは、その気になるまで気長に待つの？　あの夏の夕方、雷に打たれて兄が息を引き取った時、私は、死に見張られる人生を引き受けた。

(2)

兄は、雷に打たれて死んだんです、と言うと、たいていの人は、信じられないというような表情を浮かべて言葉に詰まる。冗談を言われたのかと勘違いし、噴き出しかけた人もいる。彼の死因は、どうやらドラマティック過ぎるらしく、滑稽味《こっけいみ》を帯びて他人の耳に届いてしまうようだ。もしかして、竜巻のまきぞえになって飛ばされて命を落とした人がいたら、その人も兄と同じような死の印象を与えるのかもね。あまり例のない死に方って、全然気の毒がられない。驚きと、その陰に隠れた失笑で迎えられる。いるかどうか解らないけど、隕石《いんせき》とかが落ちて来て、ぶつかってそのまま死んじゃった人もその仲間に入ると思う。雹《ひょう》だって、当たり所が悪ければ危ない。でも、あの人、降って来た雹に当たって死んだんだって、という報告は、身内や親しい人以外の間でなされる時、どうしても、おもしろ情報の要素を含んでしまうだろう。かわいそう、の前に、え？　マジで？　という言葉が口をついて出てしまうのだ。

雷に打たれて死ぬなんて、澄生は、やっぱり王子だよねー、と茶化した人がいた。兄の親しい人で、気分を軽くしようとして言ったのかもしれないが、私は、思わずそいつを殴ってしまった。口惜《くや》しかった。兄を奪った自然現象が、多くの人に被害を与えたという話は聞かない。だからだ。そう、数の問題なのだ。一度に大勢の人々が命を落とさない限り、赤の他人は心なんて動かされない。自分と関わりのない死の価値は多数決で決まるのだ。道を歩いている時に銃で撃たれて死んだ青年より、戦争によって犠牲になった多くの人々の方が尊ばれるのとおんなじだ。

私は、ただ、こう言いたいの。何万人もの死者よりも、たったひとりの兄の死に様が、私には悲しくてならない、と。

私は、兄がこの世を去ってから、ひねくれてしまった。そして、そのまま大人になってしまったのだと思う。弟の創太《そうた》にもそう言われた。創太は、私のことをこの世で一番正確に把握している人間。血がつながっていないくせに、いや、血がつながっていないからこそ、彼は一歩引いたところで私を見ることが出来る。思えば、あの子ほど血のつながりに振り回された子供を私は知らない。ある時は静かに、また、ある時は激しく、血のつながりは、つながらないことも含めて彼を悩ませた。母のせいだ。

私は、自分の母親が、あんなにも聞き分けのない動物であるとは考えもしなかった。

新しい家族になる私たちと対面した時、創太は、まだ四歳だった。二年前に病死した母親のことは、まったく覚えていない、と父である誠さんは言った。二年前。それは、奇《く》しくも、私たちが実の父親を失ったのと時期を同じくしていた。小さな子供にとっては、親との死に別れも生き別れも、たいして違いはない。必要とする人の不在に慣れなくてはならない困難を強《し》いられるという点では同じだ。別れ方が意味を持ち始めるのは成長してからのこと。私と兄は、創太に仲間意識を持ちながらも、幼な過ぎて喪失感すら持てない彼を憐《あわ》れんだ。つまり、一段、下に見た。だって、何の事情も解らないまま、素直に喜んでいたんだもの。わーい、わーい、新しいおうちとママとお兄ちゃんとお姉ちゃん！　なんて、父親に教えられるままにはしゃいだりして。

「真澄、こいつ、すげえ可愛い」

「うん」

「で、すごくかわいそう」

何故か、そこで相槌《あいづち》を打てなかった。かわいそう。それは、私にとって、とても大事な言葉。まだ弟見習いの立場の者に、それを使うなんてとんでもなかった。

しかし、兄にとっては違っていた。彼にとっての「かわいそう」は、抜き取っては使い捨てられるティッシュペイパーのようなもの。彼は、さまざまな事柄を容易にかわいそうと感じられる慈悲の人。昔から、心優しいと言われ続けて来た。そして、そのたびに怪訝な表情を浮かべる。誰か、あるいは何かをかわいそうと思うのは、彼にとって極めて自然なことだから。かわいそうと感じることと優しい人であることは、彼の中で少しも一致していないのだ。

「もうじき、弟だか妹だかが生まれてくるだろ？　そしたら、この創太だけが、きょうだいん中でママと血がつながってないことになるんだよ？　そのことで、こいつがかわいそうな思いをしないように、ぼくたちで全力を尽くすんだ」

「えー？　でも、どうやって？」

「この家族を完璧なものにする。外からの攻撃によっても絶対に崩れたりしない頑丈な砦《とりで》みたいなのにね。陣地は、しっかり守らなきゃ」

「……よく解んないけど、最初はどうするの？」

「手始めに、新しいお父さんをマコパパと呼ぼう！」

「えー？」

誠さんだから、マコパパらしかったが、そう呼ぶ理由が解らない。

「ぼくたちは、誠さんとは血のつながった親子には永遠になれない。だったら、その事実を誤魔化《ごまか》しながら行くべきじゃないと思うんだ。元は他人というところから始める自覚を持たなくっちゃ。血のつながりで安心するなあなあの家族を真似してたら、その内、絶対に創太ははじき出される」

「なあなあって、どういう意味？」

「……そ、それは……」

あの時の兄を思い出すと、微笑《ほほえ》ましい気持になる。確か、十一歳だった。よく解らないまま、彼に従うことを決め、私も義父をマコパパと呼び始めた。すると、それまでの、パパと呼ばなくては母に悪いのではないかという強迫観念にも似た思いがいっきに消えた。義父は、新しい共同体の最高責任者として、信頼に足る存在となったのであった。

　創太も父親を私たちにならってマコパパと呼ぶようになった。自分たちが、マコパパという親鳥を先頭にして行進して行く生まれたての水鳥か何かのような気がして、兄も私も満足だった。

次に兄が問題にしたのは、母をどう呼ぶかであったが、いくつかのアイディアは、すべて彼女自身によって却下された。一度は、美加《みか》という名前から、ミカママに決まったのだが、私はただのママでいたい、と断固として拒否したのだ。まるで、代用品みたいな気がする、と言うのである。これには、兄も弱ってしまい、うやむやのままになった。

兄が心に描いた理想は、年相応につたないものだったかもしれない。でも、私は、その始めの一歩が私たち家族の方向性を上手《うま》く差し示したような気がしてならない。ただのパパではない、マコという付加価値を持つキャプテンの下《もと》で、出発進行！　と気勢を上げる気になれた。

実際、数年の間、私たち家族は澄川家作りに夢中だった。幸せの基盤はそこにあると信じた。はたから見たら、さぞかし嫌味な集合体だったろうと、今なら思うことが出来る。独自の幸福論に基づいた特権階級のように錯覚していたのだから。ね、ね、私たちって幸せそうでしょ？　そう言わんばかりに、きょうだいで学校内を練り歩いたりした。私たちは皆、幼稚園から大学までの一貫校に通っていたから、その気になれば、いつでも、自分たちの幸せぶりを見せびらかせた。なんて、鼻持ちならない奴らだったことか。

だけど、仕方がなかったんだよ。私たちの達成すべき最終目標は、この言葉でライフストーリーを締めくくることだったんだから。

人生よ、私を楽しませてくれてありがとう。

毎日毎日、あの額を目にしていたら、いつのまにか、そこに書かれた文字は、皆の心身に刻み込まれてしまったらしいのだ。もしかしたら、洗脳って、こんな感じ？　だとすると、ひいおばあちゃまは教祖様だったのかな？　それでは、このフレーズは教義？　ならば、教義に沿って日々を生き抜くとは、どれほどの昂揚《こうよう》感をもたらすことか。

ぼくたちは、わいわい族だね、と創太が言ったことがある。いつも、わーい、わーい、と喜んでいる種族のことだ。そう、とりわけ、あんたは、出会った頃から、そうだった。兄と私にも、いつのまにか伝染して、同じように嬉しさを表わすようになった。人生に楽しませてもらうためには、まず、こちらから奉仕しなくてはならない。

私たちは、洗脳というものが解けて行く際に、どれほどの痛みを伴うのか、まったく思い量ることが出来なかった。あのまま、永遠に、わいわい族のままでいたかったね、創太、そして、千絵《ちえ》ちゃん。

　千絵が生まれた時に、母が洩《も》らしたひと言をいまだに覚えている。やっと、マコちゃんとこと血が混じったわね、と言ったのだ。マコちゃんとは、もちろん、彼女の夫のこと。そして、子供たちのマコパパのこと。継父や実父という概念は、もう私たちにはなかった。とうの昔に、私たちの意思でないことにしたのだ。それなのに、血のつながりに意味を持たせないと選択した子供たちの前で、母は、そんな不用意な言葉を口にする。兄の眉《まゆ》がぴくりと動き、私の噛《か》んだ下唇が白くなっていたなんて、まったく気付かない鈍感さ。彼女も幸福を追い求めるのに余念のない人ではあったけれども、どうも、私たちとは、質の違うものを欲しがっているようだった。与えられる幸福にかまけ過ぎて、自ら与えるべき幸福には、まったく思いが及ばない。感謝することに慣れてはいても、真に感謝される喜びは知らない人だ。

　それにしても、何の悪気もなかったにせよ、自分の不用意な発言が、ひとりの子供を宙吊りにしてしまうかもしれないと気付けないのが不思議だ。私は、まだ十歳の誕生日を迎えてはいなかったが、ママは頭が悪いんだな、と思った。兄も、そう感じていた筈だ。だって、小さく舌打ちをしていたもの。

「わーい、わい、ちっちゃい赤ちゃん、やって来たー。わーい、わい、ぼくの妹、やって来たー」

一瞬の間、病室に立ち込めた嫌な沈黙を、創太の呑気《のんき》な歌声が吹き飛ばした。安堵《あんど》して兄を見ると、彼は頷《うなず》いた。誰よりもほっとしたのは義父だったのかもしれなかった。創太の手を取り、不自然なほどはしゃぎながら、自分も節を付けて歌い、踊り出した。わーい、わい。わーい、わい。大人の声だと、それは、馬鹿みたいに響いた。

子供の頃の思い出話をすると、創太は、肯定するでもなく否定するでもなく、そうだったかもね、と曖昧《あいまい》な相槌を打つ。だからと言って、記憶がぼんやりとしている訳ではなさそうだ。時には、私の引っ張り出すエピソードの些細《ささい》な部分をさりげなく訂正する。そのたびに私は思う。もしかしたら、記憶しているいないの問題ではなく、彼の中に、過去は、そのままの状態で、すっぽりと埋め込まれているのではないか、と。都合の良い改竄《かいざん》の余地もない正確なままで、日々少しずつ更新されながら、ただ、そこにあるのではないか。私の記憶違いを指摘する言葉は、控え目でありながらも、あまりにも確信に満ちている。

新しい家族となって一緒に住み始めた時、誰よりもはしゃいでいたのが創太だった。

これ以上の喜びはない、とでも言うように、家中を駆け回り、絶えず何かにぶつかったり躓《つまず》いたりして皆を呆《あき》れさせた。

いつも抱き起こすのは母の役目で、創太を立たせると、彼と同じ目の位置になるようにしゃがんで言い聞かせる。

「創ちゃんが怪我《けが》をしたりしたら、ママが悲しくなっちゃうんだから」

その言葉に、創太が問いかけるのが常だ。

「どうして？　どうして悲しくなるの？」

すると、母は決まって、こう答える。

「だって、創ちゃんは、ママの大事大事だもの」

「そうなの？」

「そうよ。言ってごらん？　創ちゃんはママの？」

「大事大事！」

得意気に言って胸を張る創太の両頬《りょうほお》を、母が笑いながら軽くつまんで揺らし、そのやり取りは終わる。

何度も何度も、それはくり返された。最初の頃は大丈夫かと成り行きを見守っていた私たちも、創太の転び方が怪我を呼ぶようなものではないと知り、次第に気にも留《と》めなくなった。母だけは、その都度、辛抱強く助け起こして、注意するよう言い聞かせていた。

「創太って、なんで、あんなに落ち着きがないの？」

　ある時、またもやダイニングルームの椅子に足を引っ掛けて倒れている創太を見て、私は苛々《いらいら》しながら言った。側で雑誌を読む兄が顔も上げずに答える。

「落ち着きがないんじゃなくて、自分から落ち着かないように一所懸命になってるんじゃない？」

「何それ。わざとやってるってこと？」

「そういう言い方したらかわいそうだよ。上手く行くように必死なんだから。ママの目の届く所でああやって見せるのって、結構難しいんじゃないの？」

　もう一度、創太に目をやると、例のごとく母に諭されている。真面目な顔で頷く彼は、とても意図的に転んだ子のようには見えない。もしも、兄の言うことが正しかったとしたら、相当なやり手だ。ずるい。

　しかし、それを言うと、兄は、ようやく雑誌から顔を上げて、何とも言えない憐れみの表情を浮かべ、創太をながめるのである。

「あんなにママの気を引きたいと思ったこと、ぼくには一度もないよ」

それは、そうだろう、と私は肩をすくめた。そんなことをしなくても、母の心の一部は、必ず兄のために空けられている。同じ彼女の子供でも、彼と私では明らかに役割が違うのは、もう、とうに知っている。何故、彼が、そんなにも特別なのかは解らない。でも、物心付いてから既に、上手く行っていた頃の実の父親よりも、何かにつけ、彼の方が優先されていた印象が強い。決してあからさまではないやり方で、母は、世の中のすべての人々と兄を区別していた。

時々、兄がいたからこそ、母が二度目の結婚に飛び込めたのではないか、と感じることがある。息子だというのに、まるで、安心出来る後ろ楯《だて》のような存在として、母の内に留め置かれていた彼。

「澄《すみ》ちゃーん、パパに女の人が出来ちゃったみたいなのー」

自分よりもはるかに体の小さい兄にもたれ掛かって、そう泣いた母は、二年後、ほとんど同じ姿勢で、こう笑って打ち明けた。

「澄ちゃーん、ママねえ、好きな男の人が出来ちゃったのー」

どちらの時も、兄は無言のまま、母の手を握ってやっていた。私には真似の出来ない芸当。まあ、そんな役目、はなから望まれてはいなかったけど。

創太に対する兄の見方を知り、私も事あるごとに意識するようになった。転んだ時はもちろんのこと、創太が少しでも注目を集めたりするたびに、そこにどのような意図があるのかを探るようになったのだ。

やはり、兄の言うように、創太の行動の目立つ部分は、母の関心を引くためにあるようだった。常に、彼女の気付く所で転んでいたし、物を落としていたし、壊していた。それらは、いつも偶発的な事故に見えたから、彼女は怒ることもなく、ただ心配し、そそっかしい子供に注意を促した。そして、そのたびに、この問いで締めくくる。創ちゃんは、ママの？　もちろん、彼は嬉々として叫ぶ。大事大事！

また、飽きずにやっている、と見るたびに私は思う。けれど、やはり飽きなかったのは創太本人だけで、母は、うんざりして来たようだった。子供は、何につけても加減が解らないものだが、彼の場合はとりわけしつこかった。きっと、たしなめる人が誰もいないところで育って来たのだ。

確かチキンヌードルスープだったか、何か熱いものを食べていた時のことだ。いつも、舌を火傷《やけど》する創太に母は言った。

「ちゃんと、ふうふうして食べるのよ」

息を吹きかけて冷ましてから口に入れろ、という意味だ。創太は口をすぼめて必死に吹いた。すると、何故か口笛のような音色が洩れた。母が、それに気付いて、くすりと笑った。その瞬間に浮かべた彼の自慢気な表情と言ったらなかった。あ、また始まる、と私は思った。そして、その予感は的中し、熱い食べ物を口許《くちもと》に運ぶ際の彼の口笛が高らかに鳴り響くようになったのである。彼女が側にいる時はもちろんのこと、いない場合も精一杯の音を出した。まるで、母鳥を呼んでいるかのように。

兄も私も極力無視しようとした。そんな中、旋律のない口笛だけが、沸騰したケトルのように注意を引こうとするのだった。とうとう我慢出来ずに、声を荒らげて止《や》めさせようとする私を、兄が遮った。そして、自分も一緒に口笛を吹き始めたのである。

創太は、はっとしたように兄を見た。兄が、ただ音を出しているのではなく、曲を吹いていることに気付いたようだった。真似をしようと必死になった。けれど、なかなか上手く行かず、見る間に真っ赤な顔になる。

「あらあ、ずい分上手な口笛だと思ったら、やっぱり澄ちゃんだったのお？」

洗濯籠《かご》を抱えて通り掛かった母が足を止めた。

「それ、懐しいわねえ。それ、フォスターのオールド・ブラック・ジョーって歌じゃない？　おばあちゃんがよく歌ってたものね。口笛にぴったりのメロディね」

そう言って、母は、久し振りに思い出した歌を口ずさみながら、家事の続きをするべく、その場を立ち去った。

「創太も、この歌、吹いてみる？　教えてやるよ？」

兄の言葉に創太は頷いた。そして、二人は吹き始めた。兄のひとつひとつのフレーズに、たどたどしい創太の口笛が付いて行く。けれども、小さな唇から押し出される息は、上手い具合に音階を組み立てることが出来ない。それでも必死に吹こうとしていたが、やがて諦めたのか下を向いたままになってしまった。

「どした？　やりたくない？」

兄の問いかけに答えないままの創太のTシャツの裾《すそ》が、テーブルの下で、両手でもみくちゃにされているのを、私は見ていた。吹けないから拗《す》ねている訳ではないだろう、と思った。結局、どんなに工夫をこらしても、母を呼べるのは自分ではなく兄なのだ、と口惜しさでいっぱいなのに違いなかった。

澄生と張り合ったって無駄だよ。どうして、私は、うんと早い段階で創太にそう教えてやらなかったのだろう。澄生はママにとって別格なんだよって、こと。そうしていたら、始めから何の期待もしないですんでいた。後に襲いかかる絶望とも無縁でいられたかもしれない。

でも、仕方ない。早目に手を打つべきだったことって、ずい分と後になってから解るものじゃない？

(3)

新品を買ったりもらったりすると嬉しいものだが、千絵が生まれた時もそんな気がした。やって来た小さな生き物の居場所であるベイビーベッドを代わる代わる覗き込んで、私たちは飽きることがなかった。赤ん坊は、澄川家の下で、改めてならされた土の中から出た貴重な新芽。そんなふうに感じて、絶えず様子を見ずにはいられなかったのだ。

　創太は、千絵をながめた後、必ず母の側に行き、そのぺしゃんこになった腹部をしげしげと見詰めた。

「ほんとに、ここに千絵ちゃんが入ってたの？」

　母は、創太の素朴な問いに笑いながら答える。

「そうよ。創ちゃんと初めて会った時には、もうおなか大きかったでしょう？　あの時、千絵ちゃん、ここに隠れてたのよ」

「え？　でも、ママとマコパパ、まだ結婚してなかったでしょ？」

　そうよ、ともう一度言って、母は、さもおかしそうに創太を見詰める。多くの子供たちがそうであるように、彼も、結婚という既成事実が赤ん坊を母の中に運んで来るように思い込んでいる。

「結婚してなかったのに、どうして、千絵ちゃん来たの？」

「それはね……」と、母は、創太に顔を寄せて頰を指で突《つつ》いた。まるで、悪戯《いたずら》を仕掛ける童女のような表情を浮かべている。

「ママとパパが、うんと好き好きって思い合ってたからよ。男の人と女の人が、二人共、そう感じて大事にし合ってると、結婚しなくても、神様がおなかにプレゼントを置いてくの」

　創太は、啞然としているように見えた。母が頭を撫《な》でながら目で問いかけると、ぽつりと呟いた。

「そ、それは初耳だよ」

　思いも寄らない生意気な口調が可愛くてたまらない、というように、母は創太を抱き寄せた。そして、リズムを取るようにして、彼の小さな体を揺する。そうしている内に、彼女の目尻はとろりとたれて、繊細に枝分かれした皺《しわ》が笑顔を刻み始める。コーヒーカーテンから洩れる陽《ひ》ざしで、頰の産毛がきらめいた。私は、その時、自分の母親を美しいと心から感じた。彼女が目に映るすべてのものを愛していた瞬間だったと思う。

　千絵が生まれてから兄の死ぬまでの五年間が、我家の最も幸せな時代であったことに疑いの余地はない。凡庸で平和で、それ故にかけがえのない日々だった。満ちたりている故に少しばかり退屈な家庭。私たちは、その中にいる自分たちを贅沢《ぜいたく》だと知っていた。けれども、そのありがたみに気付かない振りをする方が、もっと贅沢だと思い込もうとしていた。家族の結束を見せびらかしながら、さも、それが当り前であるように振舞うこと。私たちは、家庭の幸せにおけるエリートだと証明したかったとでもいうのか。今の内にそうしておかなくてはという不吉な予感でもあったというのか。

私たちは、幸せであることと同時に、幸せだと思われることも重要だと感じていた。身も蓋《ふた》もなく泣き叫んだ経験のある大人たちが、その所作を子供たちに示した。前の妻を突然の病で亡くしたマコパパ。そして、前の夫の恋で追いてけぼりを食ったママ。内も外も、家族を取り巻くすべての世界が幸福で埋め尽くされるのを実感していたい。それが二人の同意した共有する未来のあり方だった。疑いようのない幸せが、実はとても脆《もろ》いものであると、誰よりもよく知っていたのは、彼らなのに。

「ねえねえ、よっちゃんちのママって、よっちゃんが生まれた時に死んじゃったんだって」

保育園に通うようになった千絵が、どこからか、遊び仲間のそんな情報を仕入れて来て、創太に伝えたことがある。この二人は、年の離れた兄や私とは違うつながり方をしているようで、いつも秘密のお喋《しゃべ》りとやらに興じている。場所を選ばないので、だいたいは、こちらに筒抜けなのであるが。

「ぼくの本当のママも、ずうっと前に死んじゃったんだよ」

創太の言葉に千絵はひどく驚いたようだ。

「ええ⁉　じゃ、千絵のママは創ちゃんのママじゃないの？」

「ぼくのママだよ」

「だって、ほんとのママ死んじゃったんでしょ？　だったら……」

「パパとママが大事大事ってしてると、神様が本当の子にしてくれるんだよ。ぼくも、そうやってもらったから、今のママのおなかに入り直して出て来たんだよ」

「へー、そうなんだ」

千絵は、つくづく感心しているようだった。通りすがりに耳にしただけなので、その会話が、どういう成り行きになったのかは、私には解らない。創太が、どんな顔をして、そう口にしたのかも。確かなのは、彼が、作り事を話しているという自覚の持てる年齢であるということ。ここでも、幸せは抜け目なく形作られて行く。

中等部に入ったばかりの頃だったか、澄川さんちは綺麗《きれい》な家族だよね、と言われたことがある。恋とも呼べないような淡い思いを抱いていたひとつ上の男子からだ。当時、私たちのまわりでは、目を付けた先輩に申し込んで、登下校だけ一緒に時間を過ごしてもらうという恋愛ごっこめいたことがはやっていた。付き合うというほど真剣ではなく、ゲームと呼ぶ以上に胸をときめかすことが出来るのが良かった。私も皆にそそのかされ、帰り道の重なる姿の良い男子に声をかけたのだった。遊びとはいえ、緊張で口ごもってしまった私を見て、彼は苦笑しながら、いいですよ、と言ったのだった。そして、いつのまにか我家に立ち寄るようになったのである。母の手作りのお菓子と丁寧に淹《い》れたお茶が目当てだった彼は、確か、丸山《まるやま》くんといった。

「見たことも食べたこともないです、こんなの」

母が、どお？　と味の感想を求めると、丸山くんは、顔を赤らめて、そう言うのが常だった。すると、彼女は、満足気に頷き、どうぞごゆっくりと言い残して、私たちを二人きりにする。

「いつも、こんなおやつ食べてるなんて、すごいな」

「どこが？　ただのシフォンケーキじゃん。この間は、どこにでも売ってるようなチーズケーキだったし」

「ケーキ自体の問題じゃなくてさ……」

そう言って、丸山くんは、あたりを見渡す。彼が通されるのは、いつも居間だ。私の部屋で二人きりになることはない。レディは、そうすべきじゃない、というのが母の言い分だったが、本当は、私の部屋の乱雑さや、女の子らしさの欠片《かけら》もないインテリアをよその人の目に触れさせたくなかったのだと思う。

「なんて言うか、隅から隅まで雰囲気があるって言うか」

「……どんな雰囲気？」

「ひと言じゃ言えないよ。お洒落《しゃれ》っていうんでもないし、きちんとしてるっていうんでもないし……いいうちって感じがする」

「いいうち？　金持ちってこと？」

「もちろん、それもあるけど、それだけじゃなくて……」

言葉が選べないようだった。大人になった今なら、丸山くんを代弁してあげることが出来る。きっと、彼は、我家をこう形容したかったのだと思う。生活感自体にセンスのある、味わい深さに満ちた家、と。

確かにそうだった、と私も思う。匂いを消すのではなく、人の匂いを加えることによって、価値を上げた家だった。使い込んだ家具や調度の数々は、古びていたが、何とも言えない心安さを感じさせた。住人の温かい指でしか出せないつやで輝いてもいた。でも、それらは、無邪気な生活の結果という訳ではなかった。家族のそれぞれが心を砕いて、いかにも自然に見えるよう創り上げて来た作品にも似たものであった。窓枠のペンキは、はげているのではなく、年月ではげたように塗られているのであり、ポーチに敷き詰められたテラコッタは雨風にさらされてくすんだのではなく、わざわざ取り寄せたアンティークなのであった。つまり、すべてに細心の注意を払いながらの手が掛けられていた。そして、あちこちにある、その種の演出が、母の手作りのケーキに代表される家庭の温かさを引き立てていた。

時には、私たち子供も、それにひと役買っていた。人の気配で家は完成されるのを、私たちは勘で知っていたのだと思う。ことさら楽し気に妹を追いかける創太。そんな彼に愛くるしい仕草で拗ねて見せる千絵。団欒《だんらん》に倦《う》んだように、私は頬杖をついてその様子をながめ、家族の幸福な光景など当り前過ぎて見る気にもなれないとばかりに、本から目を上げることもしない澄生。母が、これ以上の満足はない、というように微笑を浮かべる。そんな彼女を背後から抱き寄せる義父。あ、今回は、マコパパが仕上げてる。子供なのに、そんなふうに感じてしまった私は、本当に嫌な子だ。でも、それを言うなら、そこにいた全員が、嫌な子、嫌な大人だったのだ。

そんな中に居合わせた丸山くんが、ほお、と溜息をつき、感に堪えないというように言ったのである。

澄川さんちは、綺麗な家族だよね。

丸山くんの、まったく与《あずか》り知らぬところで、この時、澄川家は、確かに完成していたのだと思う。そして、その完成されたものが、ずっと保たれれば、家族の歴史は完璧なものとなり、曾祖母のあの言葉で完結を見ただろう。しかし、不運なことに、そうはならなかった。

「あの澄川先輩がお兄さんだって知った時は、本当にびっくりしちゃったよ。ここにお邪魔してたら、いきなり入って来るんだもん」

「そお？　でも、澄川って名前、そんなに多くないんじゃない？」

「そうだけどさ、何故か結び付かなかった。中等部三年の澄川澄生さんっていったら有名だもん。それが、あんな気安い感じで……」

兄は、私と丸山くんがお茶を飲んでいた居間に入って来るなり、テーブルの上の皿に並べられた母の焼いたクッキーに手を出し、一口齧《かじ》って顔をしかめたのだった。

「うへー、失敗した。これ、ジンジャー。続き、あんた食べてよ」

そう言って、あろうことか、兄は、来客である丸山くんに自分の食べかけのクッキーを差し出した。うっかりそれを受け取ってしまって呆然《ぼうぜん》とするお客さんから慌てて奪って、私が口に入れた。その様子を見て、笑いながら階段を駆け上がって行った兄。何事にも無頓着《むとんじゃく》な様子が、かえって人の気を引いていた稀有《けう》な人。

丸山くんが言った有名という表現は少し大袈裟《おおげさ》過ぎるけれども、確かに兄は知られる存在だった。何かにとりわけ秀でていて記録を残したとか、人前で自分をアピールする術に長《た》けていたということはなかった。外見や振舞いも彼以上に派手な男子生徒は沢山いた。それなのに、同じ制服の群れの中で、彼だけが目立つのだった。その動作によって空気が揺れる時、人は視線を移動させずにはいられなかった。たぶん、上手く理由を説明出来る人はいなかったと思う。もしかしたら、今で言うところのスター性というようなもの？　でも、彼は、そんな代物を発散している気などさらさらなかっただろう。むしろ抑えていたような節がある。だからこそ、彼の風情は匂い立った。

同じ名字だというのに澄生と私を結び付けられなかったなんて、丸山くんは素人《しろうと》だな、と思った。今になって考えると、不遜《ふそん》過ぎて苦笑するばかりだが、あそこで学校生活を送っていながら澄川澄生の身内に関する情報を得ていないなんて有り得ないことだ、と感じていたのだ。まるで、もぐりじゃないの、と。澄生に連なる幸せの数珠《じゅず》のような私たちきょうだいという自負。何という馬鹿馬鹿しく、滑稽な、けれども、どれほど誇らしい心持ちであったことか。

「澄ちゃんがいるからこそ、このおうちが完成される気がするの」

そう、母が言っていた。それを聞いた義父は、おいおい、妬《や》けるなあ、と言って茶化した。おれの立場はどうなる、と冗談めかして不貞腐《ふてくさ》れて見せた。

それに対する母の答えはこうだ。

「マコちゃんは、私が生きて行くのに必要な人よ。でも、澄ちゃんには、私、生かされている感じがするんだもん」

ねー、澄ちゃん？　と同意を求める母に、兄は肩をすくめて見せる。

「誰かを生かすなんて、そんなだいそれたこと、ぼくは考えたこともないよ」

「そうそう。そんなふうに言われたら、子供の方は困っちゃうよ」

義父はそうたしなめ、母は、少女のように頬を膨らませて、不服そうにする。

「だってさ、澄ちゃんはそういう役割なんだもん。うちの子供たちは、みーんな可愛いけど、その可愛さの役目が全員違うんだもん」

そう続けた母に、わくわくした口調で創太が尋ねる。

「じゃ、ぼくは？　ママ、ぼくは、どういう役目なの？」

うーん、と言って、母は、額を創太のそれにぴたりと付ける。

「創ちゃんはねー、わいわい族の役目」

「そうなの⁉」

「そうよ、創ちゃんが、わいわいっ、わいわいって言って飛び跳ねてるのを見ているだけで、ママは、可愛くってたまらなくなる」

「そうなんだあー、じゃあ、真澄お姉ちゃんは？」

真澄ちゃんはねえ……と、母が首を傾げている間に、私は、そっと席を外し自分の部屋に戻る。彼女の見つけ出そうとしている言葉に、どうせ意味はない。ことさら期待している訳ではないと、さりげなく知らせるのが作法だ。彼女が、うちにいる子供たちすべてを愛していたのは確かだと思う。けれど、その愛情に、くっきりとした輪郭を与えていたのは、兄に対してだけだったのだ。

(4)

兄が死んでから母がアルコール依存症で入院するまでの二年間が、私たち家族にとって、一番激しい混乱の時期だったと思う。最初は、全員で身も蓋もなく嘆き悲しむことだけに時間を費やした。それが許される唯一の場所として、この家があった。誰もが、思う存分泣き叫ぶことを許されていた。

唯一の大人の男である義父も、声帯を絞り上げるようにして泣いた。母は、どう泣いて良いのか解らないみたいに、ただ呆然としていたが、涙だけは途切れることなく流れ続けていた。そんな彼女にしがみ付くようにして、創太は、その胸に顔を埋《うず》めていた。私もしゃくり上げるのをなかなか止められなかった。たった十五年間しか共に過ごせなかった兄であるのに、こんなに沢山あるのかと思うくらい思い出が次々と甦《よみがえ》り、そのたびに涙が噴き出すのだった。

最初に、その悲嘆の世界から抜け出したのは、五歳になったばかりの千絵だった。

兄がもう帰らないという事実は彼女なりに受け入れたらしく、皆と同じように泣いていたが、幼児に悲しみ続ける根気を求めるのは無理だった。彼女は、空腹や眠気を訴え、やがて、遊びたいと駄々をこね始めた。誰かが、その要求を聞いてやらなくてはならなかった。ひとりひとりが重い腰を上げ始めた。すると、その拍子に日常生活は少しずつ息を吹き返して行ったのだった。

やがて、澄川家は、なだめられた悲劇を隠し持ちながらも再生した。少なくとも、外からは、そう見えた。ようやく落ち着いて来たみたいだねえ、と過剰な気づかいから解放された人々は、胸を撫で下ろした。

私だって、初めはそう思っていた。家族みんなで力を合わせてがんばろうな、という義父のそれしかないであろう力強い励ましの言葉を胸に、兄の不在を寂しく感じながらも受け入れて、前を向いて進んで行く。そんな健気《けなげ》な家族としての新しいスタートを切ったのだと信じて疑わなかった。

でも、違った。私たちが失ったのは、家族の一員であると同時に、そこに幸福を留めるための重要なねじだったのである。

母が、気を紛らわす目的で酒を飲むようになるとは、誰も予想すらしていないことだった。我家には大人のために酒はふんだんに用意されていたが、それらは、楽しみを倍にするためだけに使われていた。そのことは、子供たちも充分意識していて、大人たちの、酒を飲もうという提案を小耳にはさんだだけで嬉しくなったものだった。シャンパンの栓を抜く音を聞くことは、そのまま、幸福のお裾《すそ》分《わ》けに与るのに等しかった。栓を押さえている針金とキャップシールは、義父の手で丁寧に外され、彼は、それで小さな椅子をこしらえた。そして、そのたびに窓際に置き、並べられたそれらは千絵のままごとの出番を待った。

兄が生きていた頃の家族の団欒を思い出す時、必ず両親のグラスが合わさる音を聞くような気がする。クリスタルの澄んだ音が溶け込んだ酒は、子供心にも、さぞかし旨《うま》いのだろうと想像出来た。どうしても味見がしたいと思い、兄を誘って飲み残しを失敬したことがあった。シャンパンストッパーの扱いに手間取りながらも、ようやく口に含んだその味を、どう形容して良いのか、私にはさっぱり解らなかった。ところが、彼は、迷いなくこう言い、私を納得させた。

「これ、げろの味がするね」

確かに胃液に似た味かもしれない、とずい分後になってから思った。でも、おいしいのも解る。生きている兄と、これを笑い話にしたかった。愉快な酒に関するエピソード。澄川家には山程ある。でも、それは、あの日を境に更新されていない。

母の気晴らしの習慣がいつのまにか病に変わっていたのを、私たちは、なかなか認めることが出来なかった。ただ、何かがおかしいとは、比較的早い段階から感じ始めていた。生活の細々《こまごま》とした部分に手を掛けるのを至上の楽しみとしていた母であるのに、いつのまにか興味を失くしてしまったようだった。その結果、家の中は、少しずつ雑然として行った。日常使いの品々も汚れたまま放って置かれた。よその家のことは解らないが、我家以外ではもしかすると取るに足りない問題なのかもしれなかった。しかし、私たちは、茶渋で内側がうっすらと汚れて見えるティーカップや、何日も交換されないシーツなどには慣れていなかった。

家の中の居心地が悪くなりつつある原因が母にあるのを誰もが知っていた。しかし、口に出す者はいない。そんなことをしたら何か取り返しのつかない状況を引き寄せるのではないか。きっと皆、そういう同じような不安を抱えて怯《おび》えていたと思う。

父は仕事に行く前に、出来る限り家の中の体裁を整え、子供たちも身の回りのことは自分でするべく必死になった。下の子たちに無理な場合は、私がした。絡まった千絵の髪を梳《と》きほぐして三つ編みにしながら、どうしてこんなことまで、と思わないでもなかった。でも、母をなじったりは、絶対に出来ない。それだけは解った。

朝から酒を啜《すす》り、ぼんやりしている母は、世界中から見放された哀しい人のように見えると同時に、自分ひとりきりの世界にたゆたう幸せな人のようにも映った。どちらも、兄がいなくなって嘆き尽くした後に、ようやく彼女が手にした領域だった。大人のくせに、とは考えないようにした。家族の中で、一番、彼と付き合いの長かったのは、彼女だった。そう自分自身に言い聞かせた。でも、本当は、時々、大声でこう怒鳴り付けたい衝動に駆られた。ママ、私たちは、兄に続けて母親まで失くしかけているんだよ！

そして、それは、今も続いている。私たちは、ずっと母を失くしかけたまま、大人になってしまった。

創太は、兄の生前よりも、いっそう母にまとわり付くようになった。学校から戻ると、ダイニングテーブルの前に座り姿勢悪く頬杖をつく彼女の横で、宿題をしたり絵を描いたりしていた。しばらく前から通い始めていたスウィミングスクールには、さっぱり足を向けなくなってしまった。暇さえあれば、母親といる。彼は、そういう子になった。報われないのに馬鹿みたい。私は、そう呟いて、苛立《いらだ》ちを禁じ得なかったけれども。

報われようなんて思ったことはないよ、と何年か経って、創太は言った。おれは、ただただ、嬉しかったんだよ、と。兄の死は、悲しみと同時に喜びをもたらした、と彼は語った。澄生さんの役割が自分に与えられるのだと考えただけで、うしろめたさがよぎるのを感じながらも、胸が高鳴るのを抑えられなかった。あの家にいる唯一の息子という立場になったんだもの。泣いているママの胸に顔を押し付けながら、本当は、これから始まる母親と息子の関係に思いを馳《は》せて、うっとりと微笑んでいたよ。

ひどい奴、と私はなじった筈だ。すると、創太は、ごめん、とひと言、少しもすまなそうではない調子で謝る。そして、続けた。

「それは、今だから言葉に表わせることでさ、あの頃は、何も解らなかったよ。ただ、人が死ぬと、ものすごく興奮するんだなってことしか。おれだって、澄生さんは大好きだったから、ひどい衝撃を受けていた。でも、それと同時に、自分の出番がとうとうやって来たんだっていう喜びが押し寄せて来て、それに呑まれそうで、もう、どうしようもなかった。そういう喜びの前では、子供の罪悪感なんて、あまりにも呆気《あっけ》なく消える」

そうだったの、と私は冷静さを取り戻して受け止める。あの小さかった創太を咎《とが》める資格なんて、私にはない。死に直面した時の心の計らい方に正解なんて、ない。

知っていたくせに、と創太は呟く。気付いていたくせに、と彼はたたみ掛ける。私は、首を横に振るが、そうだろうか、とふと思う。私は、あの時の家族ひとりひとりの有様を、つぶさに観察していたのではなかったか。長女に出来る唯一の喪の仕事として、記憶に刻み込もうとしていたのではなかったか。

ああ、そうだ。私、見てた。ちゃんと、見ていたんだよ。

母に貼り付くようにしてもたれ掛かり、顔を隠したままでいた創太。やり切れなくてそうしていると取れなくもなかったが、十歳の男の子の態度としては、あまりにも赤ん坊じみていると、私は感じた。それ故、絶えず視線をそちらに動かさずにはいられなかったのだ。そして、彼の、一瞬の気の緩みを捕えた。

創太、あなたは母の喪服の陰で、うすい笑いを浮かべたね。

ほんの、またたく間の出来事だった。けれども、私は見逃さなかった。あの子、笑ってる。声に出さずに呟いた。直後に、何か見てはいけないものを見てしまったような気がして、目をそらした。しばらくして、再び様子をうかがうと、創太は、兄を失った少年として、母の背後で正しく打ちひしがれていた。

錯覚だったことにしよう、と私は思った。どうして笑っていたのか、と吊し上げる気になれば出来た。でも、しなかった。何かが私を押しとどめた。それは、共に暮らすようになってから、創太が一所懸命に訴えかけて来た母への思いだったかもしれない。兄が気付いて、さりげなく守り続けてやったもの。私は自分の内に芽生えかけた創太への訝《いぶか》しがる気持を、それきり捨ててしまった。まさか、心の隅にそれが取り置かれていて、長い時を経て突き付けられるなんて。実は喜んでもいただなんて、まさか、当人から告白されるとは思ってもみなかった。

けれども、それを知って、こうも感じる。

それじゃあ、その喜びとやらは、あまりにも短かったんじゃないの？　だって、ママには、澄生の不在を受け入れることが、結局のところ出来なかったのだから。それでも、その喜びを持続させようとしていたのだから、あなた、とても、かわいそう。

母は、兄のいなくなった空間を埋めるどころか、そこに、あらゆる思い出をしまい込み続け、もう入る余地もない状態になっても、ぎゅうぎゅうに押し込んだ。大切な記憶の中に棲《す》む彼から、ジャンクとしか呼べないものに混じった彼まで、一緒くたにして、はしから詰めて行ったのだ。いつしか、彼女の心の内にある澄生の面影保管用のクロゼットは、隅の方から腐敗して行ったのかもしれない。周囲が気付く頃には、亡き息子と共にあった美しい筈の過去を、きちんとした状態で取り出すことなど、到底、不可能になってしまったのだった。それらが壊死《えし》するのは、時間の問題だった。

母が最初に入院したあの夏のことは、よく覚えている。夏休みが始まったばかりのある日、彼女は、昼を過ぎても起きて来なかった。いつもなら、いくら前日に酒を飲み過ぎていても、朝は、必ず起き出して、日常生活に支障がないのを証明するかのように、義父のためにコーヒーを淹れるのだが、その日は、ベッドにもぐり込んだままだった。何度起こしても起きやしない、と彼は腹立たし気に言った。それでも、私たちの学校が休みなので、気を楽にしているようだった。何かあったら連絡するようにと言い残し、下の子たちの世話を私にまかせて仕事に出掛けて行った。彼は、既に、妻よりも義理の娘である私の方に信頼を置いていた。

母は、ひたすら眠り続けていた。時々、様子を見に行くと、鼾《いびき》をかいたり寝返りを打ったりしているので、生きているのは確認出来た。とりわけ具合が悪そうでもなかった。

私は、部屋の掃除やポーチの鉢植えに水をやったりして家事にいそしんだ。食堂や居間で、気怠《けだる》そうにこちらを見ている母がいない分、気持は軽くなり、作業ははかどった。夏休みの間だけでも、昼間は寝室にこもっていてくれたらありがたいのに、と思った。別に病気でもないのなら、ベッドにもぐり込んでいるママなんて心配してやらない。私は、彼女が、毎日のように酒を飲み過ぎているのは知っていたが、それ自体が病気だとは、少しも解らなかったのだ。だって、世に聞くところの大暴れして他人様《ひとさま》に迷惑をかける類《たぐい》の酔っ払いでは決してなかったから。息子の死を引き摺《ず》るだけ引き摺ったら立ち直ってくれるだろうと、どこかで希望を持ち続けていたのだ。

それにしても、休み中に、昼間、母の顔を見るのは憂鬱だった。あおざめた顔は、もう昔のように酒によって薔薇《ばら》色に染まることはなかった。ああ、嫌んなっちゃう、と呟きながら、透明な酒を注ぐグラスは、汚れたデュラレックスで、何もかもを磨き上げていた潔癖症に近いほどの綺麗好きだった人とは、とても思えなかった。

何よりも嫌だったのは、日常のあらゆることを面倒臭がって放棄しているくせに、突然、饒舌《じょうぜつ》になって、子供たちを自分勝手なお喋りに付き合わせることだった。

そのたびに、私はうっとうしいという理由から、千絵は母の息が酒臭くて我慢出来ないという理由から、逃げ出そうと必死になった。しかし、そんな時、創太だけが自分から話を聞くべく母の許《もと》に身を寄せるのだった。

「ぼくは、ママの話が好きだよ。いくら聞いてても飽きないよ」

創太のその言葉を耳にして、千絵が、さも驚いたかのように呟いた。

「創兄ちゃんて、変。ママに気をつかってるの？」

一番小さな千絵にだって解るのだ。

無理して相手をすることはないんだよ、とは言わなかった。内心、ともすると話のくどくなる母を創太に押し付けることが出来てほっとしていたのだ。悪いとも感じなかった。だって、ずっと、あの人にまとわり付いて気を引こうとして来た子なんだもの。不幸な事件がきっかけとなってしまったのはつらいだろうけど、お願い、しばらくの間は引き受けて。

母は、我家で、一番、手の掛かる人になっていたのだった。そして、長女である私は、学校に通いながら、家のことや下の子たちの世話であまりにも目まぐるしい日々を送り、兄の死を悼む余裕すらないほどだった。

ランドリーボックスに投げ入れられた母の下着をつまみ上げる時、私は、怒りに震えるのを抑えられなかった。手洗いを必要とする外国製の繊細なレース。まるで仕返しをするかのように、容赦なく洗濯機に放った。

いい加減にして欲しい、と唇を嚙むのは、母に対してばかりではなかった。もういない兄に向かっても、悪態をついた。澄川家で一番先に死んだ人間。澄生、自分がそうなった気分はどんなふう？　後に残された私が、どれだけ大変か解る？　あなたに母親を腑抜《ふぬ》けにされたまま、私は途方に暮れている。

いくら伝えても詮《せん》ないことだと知りながら、兄の幻影に不平を洩らす毎日だった。そんな時、私は、母を慕い求める創太の気持を利用した。彼が望んでいるのだから、と自分に言い聞かせて、私は、罪悪感を覚えることなく、母親を放置したのだ。それも、決して短くはない間。

(5)

母が最初に運び込まれたのは救急病院だった。一日中、ベッドにもぐり眠り続けていた彼女が突然呻き始めたのだ。庭で、ガーデニングの真似事をしていた私の所に、千絵が大慌てで知らせに来た。ママが死んじゃう！　という叫び声に驚き、急いで寝室に行くと、母は、創太が両手で広げたコンビニエンスストアの袋の中に吐いていた。

「どうしたの？　食あたり？」

私の問いに、創太は首を振る。

「今日は、ママ、朝から何も食べてないもん。たぶん、昨日も……」

「昨日も食べてないの⁉」

「解んないよ、でも、ずっとそうじゃない。ママ、もう、あんまり食べなくなった」

創太の言う通りだった。母の食は日毎に細くなって行って、その時には、もう、一枚のトーストをたいらげるのもやっとだったのだ。子供たちが見張る中、嫌々そうに咀嚼《そしゃく》する彼女は、食べ物によって拷問を受けているかのように見えた。食べている物がその人を作っているのよ、と言って、素朴ながらも手の掛かった皿の数々を、毎食テーブルに並べていた人とは思えなかった。

「ママ、あんなに食いしんぼだったのに……」

兄が死んで二年。母は、ほとんど酒のカロリーだけで生きている人になった。体を動かす原動力を食べ物から取らないとは、何と人を弱々しくすることだろう。彼女の手首は、十二歳の創太のそれよりも細いのだ。そして、指は、歯でこそげた後のチキンの骨みたい。そのたとえは、食卓で、千絵が不意に思いついて口にした。直後に創太にたしなめられ、謝ったにもかかわらず小突かれて、とうとう泣き出した。散々なランチタイムだった。母は、脇で、その様子をながめながらグラスを片手に微笑んでいた。何故、笑みを浮かべることなど出来たのだろう。あれほど、体に悪いからと禁止したファストフードを前にしながら、しかも、やせこけた自分の話題で。

「ママも食べなきゃ駄目だよ」

私は、母にランチボックスを押しやった。そうね、と言って、彼女は、フレンチフライを半分だけ齧って元に戻す。まずは、それだけでも良い、と私は思った。兄の死後、生活に慣れるに従って、彼女への気づかいも少しずつ戻りつつあった。仕方ないことなのだ、と諦めをもって受け入れるしかなかった。この先ずっと、創太に、彼女のすべてを負わせて良しという訳には行かない。それにもう押し付けるような真似は出来ない、と私は、とうとう悟ったのだ。

　母と創太が、どっぷりと二人の世界に浸《つ》かっているように見える時期があった。彼らは、時間があれば、一緒に過ごし、それは、たいていは、皆の共有の場である居間などでであったが、時には、寝室でお喋りに興じているようだった。

　開け放たれたドアの向こうから洩れ聞こえる二人の会話を、通り掛かりに耳にすることがあった。それは、ほとんどの場合、酔って、しつこくなった母の言い分に、創太が根気良く相槌を打つというもので、自分の負担が軽くなっているというありがたみも忘れ、私は、よくやるなあ、と呆れた。そんなに好きなのか、と。

　母の話の大半は愚痴めいていて、小学生の男の子相手にする類のものではなかった。身のまわりに関する不平不満や、寝室にいる時には必ず点《つ》けっぱなしにしているＴＶ番組のくだらなさ、時には、私の実の父である前の夫の悪口を言うことすらあった。私の気の利かなさをあげつらうのを耳にした際には、余程、それまで溜めていた鬱憤をぶちまけてやろうかと思ったが抑えた。創太が変わらず従順に彼女の相手をしてくれていて、そのおかげで、取りあえず、我家は事を荒立てずにすんでいるのだ。私は、極力、何も聞かないようにして、通り過ぎることにしていた。心の中で、ひそかに創太に詫《わ》びながら。

けれども、その日、私の足は止まった。両親の寝室の向こう側にあるランドリールームに行こうとしていた時のことだ。相変わらず、ドアは開けられたままになっていて、抱えた洗濯物の隙間《すきま》から、ベッドに腰を下ろして母の話を聞く創太の姿が見えた。いくら関心を引きたいからといって律儀過ぎやしないか、と呆れて肩をすくめた瞬間だった。

「……どうしてなの？」

啜り泣いているらしい母の声が耳に入った。私は、咄嗟《とっさ》に廊下の壁に背を付ける形で身を隠し、そっと寝室の中の様子をうかがった。そこでの二人のやり取りを、ちゃんと見るのは初めてだった。

部屋着のままベッドに入り上半身を起こした状態の母と、その足先の方に座り、まばたきもせずに彼女を見詰めている創太がいた。

「どうしてなの？」

もう一度、母が言った。そして、次に続けられた言葉に、私は耳を疑った。

「どうして、あなたじゃなくって、澄ちゃんだったの？」

創太は何も答えない。答えられる訳がない。

「創ちゃんだって、ママの大事な子よ。でも、澄ちゃんとは違う。よりによって、どうして澄ちゃんだったの？」

絞り出すようにして、そう言う母の顔は、それまで、私が一度も見たことのないものだった。すべてのパーツが濡れて歪《ゆが》んでいた。醜いと思った。そこには、楽しくもない酒を飲み続けて来た理由が集約されていた。恥だ。それなのに、何故だろう、私は、大声で皆に知らしめたい衝動に駆られたのだった。これが、私の母親よ！　だからなんだって言うの？　と。私は、この時、生まれて初めて、とことん情けない人間としての肉親を受け入れたのかもしれなかった。ふわふわの甘いお菓子の焼ける匂いで家の中を演出していた母親を、もう追い求めることはないだろう、と予感した。

「澄ちゃんがいなくなったら、ママのまわりの色んなものが変なんなっちゃった。お酒飲んでる内に、もっとおかしくなって来ちゃった」

創太が、おずおずと母に話しかける。

「ママ、お酒止《や》めてみたら？」

母は、その提案めいた言葉に激昂《げっこう》して、グラスを投げ付けた。それは、創太の頭上を通り越して背後の壁にぶち当たったが、頑丈なフランス製のカフェグラスは割れずに下に落ち、コンソールの上に並べられていたガラス細工や香水瓶を粉々にした。派手な音と共に破片が飛び散り、そのひとつが彼の頬をかすめたらしく、見る間に血が滲《にじ》んだ。

「ママ、ごめんなさい」

うつむいた創太が頬をこすりながら言うと、母は、顔を覆った。

「違うの。ごめんなさいって言うのはママの方なの。お酒飲んでばかりじゃ駄目だっていうのは解ってるの。でも、もう、どうにもならないの。最初は、澄ちゃんが死んだせいにしてたけど、今は、関係ないかもしれないの。とにかく飲まないと生きて行かれないの。そういう元気が……元気がもうないの」

母の嗚咽《おえつ》が響く中、創太は身じろぎもせずに唇を嚙み締めていた。そして、しばらくの間そうしていたかと思うと、やがて立ち上がり、彼女の許に歩いた。

「ママ」

創太は、小さな声で呼んだ。しかし、母は、ただ泣き続けている。その様子をながめている内に、彼の頬が赤く染まり始めた。まるで、息んでいるかのように、こちらからは見える。彼は、何度か口を開けては、臆したように閉じた。何か言葉を発しようとしては、躊躇《ちゅうちょ》しているらしい。

「……わ」

ようやく声になった。

「わ……い、わ……い」

私は、創太が何を口にしようとしているのかを悟った。それは、まるで意味のない、けれども、とても大切な呪文。

「わい、わい。わい、わい、わい。ママ！　わい、わい。わい、わい。わーい、わい！　わーい、わい！　ママ！　わいわいわいわいわい！」

止《や》めようとしなかった。創太は、雄叫《おたけ》びを上げながら、いつのまにか泣いていた。顔は真っ赤になり、その上、涙と血でぐしょぐしょだった。それでも母の傍らに直立不動の姿勢で立ち尽くし、不思議な節を付けて叫び続けているのだった。

私は、そっと、その場を離れた。そして、ランドリールームの椅子に腰掛け、抱えた洗濯物に顔を埋めたまま、長い間じっとしていた。時折、涙が溢《あふ》れそうになったがこらえた。自分には泣く資格がないように思えた。

私は、見て見ぬ振りをしてやり過ごして来た、いくつもの事柄について考えた。いかにも自然なふうを装って、創太に母を押し付けて来たこと。たったひとり母と血のつながらない彼が、どのような思いでいたかを考えないようにしたこと。そして、多くの難題を打ち解けて相談するほど義父に心を許して来なかったこと。思い巡らすことは山程あった。

でも、どうして？　私たち、ただ、幸福な家族でいただけじゃない？　それなのに、どうして、こんなに、ややこしい問題がいっぱい噴き出して来るの？　人が、たったひとり死んだだけじゃない。

私は、あらゆる泣き言を並べようとするが、それらすべてが本当は無駄であるのを知っている。

何故なら、死んだのは澄生だから。

澄生が死んだ後の正しい崩壊の仕方を、今、私たち家族はなぞって行っているだけなのだ。もしかして、死んだのが私であれば、もっと違うふうに壊れていただろう。創太が死ねば、彼抜きの家族として、それなりに崩れ落ちた筈だ。でも、それを想像しても仕様がない。私たちは、澄生の死以後という現実を生きて行くことになる。

何故、創太でなく、澄生だったのかって？　さあね。私に解るのは、澄生の死は、母親にそう言わせてしまう事件だったということだけだ。彼女は、正しく悲しんでいる。けれど、正し過ぎる怒りや悲しみは、時に、他者の心を踏みにじる。ママ、あなたが創り上げようとする澄生の死の領域に、創太を招き入れるべきじゃない。

そして、それから一ヶ月も経たずに、母は救急車で運ばれたのだった。

創太が広げたプラスティックバッグの中に吐き続けた母は、やがて、正座したままひれ伏したような形に体を折り曲げ、動物が吠えるような声を発し始めた。千絵が、震えながら私にしがみ付いた。このまま様子を見てどうにかなる段階ではないのは明らかだった。私は、生まれて初めて自分で救急車を呼んだ。

私の連絡を受けて、義父が仕事先から飛んで帰って来たのと救急車が到着したのは、ほぼ同時だった。彼は、そのまま、母と病院に向かい、私たち子供は家で待機することになった。

残された三人は、しばらくの間、呆然と玄関先に立ち尽くしていた。しずくのたれるような音で我に返ると、隣にいる創太は、まだ母の吐瀉物《としゃぶつ》の入った袋を下げていて、そこから胃液らしきものが洩れているのだった。澄生の馬鹿、と私は思う。シャンパンとは似ても似つかない汚物じゃないか。創兄ちゃん、汚なーい、えんがちょ！　と言い残して、千絵が家の中に駆け込んだ。

母の尋常ではなかった苦しみようは、膵臓《すいぞう》の炎症から来ていたということだった。救急病院で一晩過ごしただけで、嘘のように症状が消えた、と帰宅した義父が、ほっとしたように言った。このまま二、三日入院して様子を見る予定だが、たぶんたいしたことはなさそうだという報《しら》せを聞いて、待っていた私たちも胸を撫で下ろした。

しかし、最悪の事態は、その二日後に始まったのだった。点滴を打って安静にしている筈の母が、病院の屋上に登って錯乱状態になり、警察が出動する騒ぎを起しているので、至急来て欲しい。病院からの緊急の電話でそう伝えられ、義父は仰天した。そして、私だけに理由を告げると、慌てふためいてタクシーを拾い、病院へと向かった。

母の奇行は、点滴によってアルコールが抜けたことによる離脱症状と呼ばれるものだった。彼女は、りっぱな病気だったのだ。最初は頼れる薬であった酒が、静かに静かに彼女を征服してしまった。もう、あの美しかった液体は、彼女の味方ではない。

義父は、私と二人きりになる時間を作り、母のこれからについて説明した。彼女は、都内の精神病院に、取りあえず三ヶ月間、入院することになるという。その間、下の子供たちの世話や家に関することは、私が引き受けなくてはならない。

時間が空いている時は、ぼくも……と言いかけると、義父は両手で顔を覆い、懺悔《ざんげ》するかのように話し始めた。

バブルがはじけてから低迷し始めた仕事の業績をどうにか立て直そうと必死になっていて、澄生が死んだ時の妻の苦しみを充分に気づかってやれなかったこと。酒の量が増えているのは知っていたが、甘えが過ぎるだけとたかをくっていたこと。日常生活がおろそかになるのと病気を結び付けることが出来なかったこと。そして、何よりも、彼女が澄生の死を重要視し過ぎて、残りの三人の子供たちのありがたみを忘れているように見えるのに怒りを禁じ得なかったこと。

「色も匂いもないから、ウォッカならばれないと思った、だなんて」

失いたくない。そう言って、義父は啜り泣いた。私は、頼れる娘の役目を押し付けられたまま、彼を見詰める。

遅過ぎたのか。それとも間に合ったのか。いずれにせよ、良くも悪くも、義父の新しい人生はこれから始まる。母も同様だ。最後に、あの礼を言うことになるのか、否か。ひいおばあちゃまが、また、見てる。そう思った私は、あの時、まだ高校生だったんだ。そして、明日死ぬかもしれない人々に囲まれて、ただ、生きていた。

第二章「おれ」

(1)

久し振りに大学時代の同級生だった松尾たちと会った時、最近付き合っている女について聞かれたので、「未亡人」と答えると、彼らは、「おおっ」という感嘆の声を上げた。やるじゃん、という言葉と共に四方から小突かれ、どこで知り合ったんだよ、どんな女？ と続けざまに質問されたが、何も答えることなく、ただ、にやにやと笑っていた。まさか言えないよ。たかだか三年前まで、おまえたちが、その女の人にカレーをよそってもらっていたなんて。大学の学食で働いていたおばちゃん。それを知った時の彼らの驚愕《きょうがく》する表情が容易に想像出来る。五十を過ぎたばかりと言っていた。そんな年齢《とし》の女とやれるのか、と思う筈《はず》だ。万が一、聞かれるような事態になったら、やれるよ、とあっさり答えるつもり。おれは、女に、新鮮な肉であることを求めたことがない。

吉武真知子《よしたけまちこ》は、おれが通っていた大学の食堂で今も働いている。構内で食事の出来る場所はいくつかあったが、そこは、何年か前に建て替えられてすっかり明るく機能的に生まれ変わったアメリカンダイナー風の大食堂とも、女子学生向けにどんどんスタイリッシュになって行くカフェテリアとも異なり、昔ながらの学食の趣を保っていた。貧乏学生を救う値段と量。味も悪くはなかったから、いつも飢えているおれたちには人気があった。それに、何しろ働いている人々が感じ良かった。特に数人のおばちゃんたち。その内のひとりが真知子だった。誰もが彼女を好いていた。もちろん、おれもだ。閉める間際に行くと、色々とおまけしてくれた。ただのカレーをコロッケカレーに変えてくれたり、天ぷら蕎麦《そば》に残った竹輪天《ちくわてん》を追加してくれたり。けれど、当然のことながら、そんなサーヴィスくらいで男女の仲になったりはしない。

そうなったのは、卒業後、社会人になってからだ。会社の用事で大学の側《そば》を通り掛かった時、懐しくなって、遅い昼食を取ろうと立ち寄った。販売機で食券を買って、上を見ると、通っていた頃と同じ古い看板があった。「おふくろ食堂」と筆文字で書かれている。大学構内が、どんなに今様に進化しても、先輩たちによって受け継がれて来た古き良きノスタルジーが、ここには残っている、と何となくしみじみとしてしまう。

おふくろか、とおれは思う。実際に使われて来た呼び名なのか。だとしたら、どんな種類の女たちなんだ。そういう人種を、おれは知らない。見たこともない。

父の再婚によって、おれの母親になった人は、十五年前に実の息子の澄生《すみお》を亡くしてから、心身のバランスを崩した。そして、それから二年近くをかけて、とても効率的な酒の飲み方をして、アルコール依存症への道を進んだ。効率的という言い方は皮肉が過ぎるかもしれないが、もし、すみやかにアル中になりたければ、こうしたら良いですよ、と言いたくなるような飲み方。朝、ベッドから出るために酒を啜《すす》る。そういうことから一日を始めれば、彼女のようになれる。もちろん、誰だって、なりたくてそうなる訳ではないけれど。

初めての入院から今まで、病院に戻ったのは、七回か、八回か。止《や》めていた酒に再び手を出してしまうのを専門用語で「スリップ」と呼ぶらしいが、それをくり返す患者は、ほとんどが酒の絡んだ何らかの原因で五十そこそこで死んでしまうのだと聞いた。ほら、あの人も、あの人も、と何人もの著名人の名をあげて説明してくれたのは、義母《はは》の元担当医だ。おれは、あの男を憎んでいる。通院ですんでいた彼女にそのことを告げたのだ。あなたは五十過ぎで死にますよ、と。うっすらと予感していた不安に確実な輪郭を与えられて、彼女は、すっかり打ちひしがれてしまったのだった。

おれと姉の真澄《ますみ》は、その医者の話を聞いたせいで、すぐにまた酒を飲み始めた義母を、再び病院に連れて行かなくてはならなかった。台所で酔いつぶれて倒れていたのだ。こういう時、真澄が帰って来てくれていると助かる。男と別れてから、時間を持て余しているのか、しょっちゅう、実家に戻って来るようになった彼女を、うっとうしいと感じないでもなかったが、おれひとりでは、正直言って荷が重い。

一度、酔いつぶれていた義母を着替えさせてやったら、意識が戻った時に、ひどくなじられた。男の人に裸を見られたくないのよ、と言われた。男の人か、と肩をすくめた。おれは、昔、男の子であった頃から、この人の裸を見たことなんて、ない。小さい頃、風呂は、父と死んだ兄の澄生が入れてくれた。何の不自然さも感じず、男同士を喜んだ。わいわい族の酋長《しゅうちょう》として、無邪気な誇りを胸いっぱいに抱いていたあの頃。

余計なことを口にして面倒を増やした、あの医者を糾弾してやる、とおれは息巻いた。人の死をひとまとめにするな、と言ってやりたかった。そんなおれを真澄が制した。そして、なだめた。

「よその人から見たら、死はひとまとめなのよ。医者なんて、特に、そう扱うんだと思う。死に様が人の数だけあるなんて考えてたらもたないよ」

「……だからって、まだ解りもしない余命を宣告するようなこと……」

五十そこそこ、とあのくそ医者は言った。義母は、今、いくつだ。

「真澄、ママ、今、いくつ？」

「五十四？」

そこそこ、は過ぎたのか。じゃあ、いつだ。来年か、さ来年か。いつ来るか解らない義母の命の終わりを思うと、手に汗を握るような気分になる。まるで、絶望に突き落とされる寸前のローラーコースターに乗っているみたいだ。でも、何故、今さら、そんなふうに思うのか。自分は、とうの昔に、義母の目の前で、そこから振り落とされ、何度も仮死状態になりながらも目を覚ますことに慣れて来たのではなかったか。

「創太《そうた》、私たち、ママに関しては悪あがきしても無駄だよ。お医者さんの無駄口がなくても、あの人は、スリップするきっかけを作りたがっていたもの。言っても仕様がないマコパパの悪口を延々続けたりしてさ。口実を捜し続ける病気なんだよ、依存症ってのは」

真澄は、義母に対して、ある種の冷たさを獲得している。それは、二人が実の母娘であるのと無縁ではないだろう。血がつながっていれば、安心して冷たく出来るのだ。おれには無理な話。だって、誰にも言わないで来たけれど、義母は、いつの頃からか、ママではなくミカママになったから。

あれは義母が一度目の入院生活を終えて、しばらく経った頃だったと思う。確か、世の中は、来たるべきミレニアムの話題で持ち切りだった。

澄川《すみかわ》家も、少しずつ明るさを取り戻していた。退院してからの義母は一滴も酒を飲んでいなかったし、前みたいに日常を放棄したようなだらしなさは、すっかり影をひそめていた。それどころか、澄生の生前よりもはるかに綺麗《きれい》好きになり、家中がぴかぴかに磨き立てられていた。

久し振りに清潔感漂う空間で暮らせるようになったのを、最初は、家族全員で喜んだ。しかし、その内、誰もが共有の場を離れ、居心地悪そうに自分の部屋に戻って行くようになった。かつて団欒《だんらん》を提供した、居間や食堂、庭に続くポーチなどは、いつのまにかよそよそしさを漂わせ、そこに昔のような笑いが戻ることはなかった。

義母は、家を完璧に整える術《すべ》は取り戻せたけれども、その後に愛情で乱したように見せる能力は失ってしまったのだった。あの、細心の注意によって、センス良く散らかされた家は、もう望むべくもないのを全員が知った。それなのに、誰もそれを口にしようとはしないのだった。まるで、そうしたら再び義母が酒を飲み始めてしまうのでは、と恐れているかのように。

おれだけが義母の掃除する様子を見守っていた。ひたすら家の中の共有部分を磨き続ける彼女を、時には物陰から、時にはその目の前で時間を持て余しているような素振りをしてながめていた。そして、たまに思い付いて、ソファの上に折りたたまれている毛布を乱したりした。花瓶に挿してある薔薇《ばら》の花びらを二、三枚むしって側《そば》に散らしたりもした。邪魔をしようとしたのではない。彼女の仕事の仕上げを手伝おうとしたのだった。まだ子供だったおれにも、この家に足りなくなってしまったものが何かは理解出来たのだ。

義母は、おれのしていることに気付いて、こちらを見た。そして、こんなふうに言う。

「創ちゃんは、そうやって、仕事を増やしてくれるのね。片付けても片付けても散らかすのね。そういうのが子供の役目だと思ってるのね」

散らかしているという意識はなかったので、おれは、あせった。

「違うよ、違うよ。ぼく、前みたいなおうちもいいかなって思ったんだよ。ほら、前って、こういうふうに毛布とかくしゃくしゃってなってたりしたでしょ？　本とかノートとかもテーブルで開きっぱなしになってたし」

義母は、片方の眉《まゆ》を上に動かした。それは、入院する前には見たことのない酷薄な印象を与える表情だったので、おれを慌てさせた。

「貸してちょうだい」

と言って、義母は、おれの手から毛布を奪い、角と角を合わせてたたみ直した。そして、自分が何か失策を犯したらしいと必死に考えようとするおれに向かって言った。

「創ちゃんが丸めた毛布って、ただのだらしない毛布なんだもの」

あの時には、その言葉が何を意味していたのか解らなかった。でも、今なら解る。ただのだらしない毛布。おれが義母のためにと思ってしたことは、全部それだったんだろう。結局、ラルフローレンの毛布を彼女の眼鏡にかなうような形に乱せるのは澄生だけだったということだ。彼の気配なしに散らかるこの家は、素面《しらふ》の彼女には耐えがたいものになってしまったのだ。

義母の咎《とが》めるような視線と物言いに、すっかり困惑してしまったおれは、下を向いたきりになった。あの時、もう中学生だったというのに、彼女の一挙手一投足によって、赤ん坊に毛の生えた頃に引き戻されてしまっていたのだ。思えば、この人の息子になって以来、長い間そうだった。いつだって、心許《こころもと》ない子供の心持ち。泣き出す寸前の状態で、路地を駆け回った末に、ようやく捜し出された迷子のような気分で、新しい母を見詰めて来た。馬鹿みたいにいたいけだ、と、今は苦笑したくなる。何も、そんなにも正しい継子《ままこ》にならなくたって。

「ママ、ぼく、もう散らかしたりしないから。片付けとか掃除とか手伝うから」

おれの言葉に義母は微笑《ほほえ》んだ。あ、笑ってくれた、とほっとしていたら、こう言われた。

「創ちゃん、これから、ママのこと、ミカママって呼んだらどう？」

この家に来た当初、父を「マコパパ」と呼ぶ決定を澄生が下した。今となっては、その呼び名を考えついた彼の真意など解らないが、自分の父親を新しいきょうだいと共有出来るような気がして、おれは嬉しくてならなかった。おかしなことだが、光栄にも感じた。この自分よりもうんと年上の身綺麗な兄と姉に、自分の持ち物を献上した気になったのだ。そして、その瞬間から、父はおれだけのものではなくなった。義母の腹の中にいた千絵も含めた四人きょうだいの共通の財産になったのだ。財産。そう、あの小さいおれは、新しい家族を形作るすべてを、絶対に失くしたくない貴重な持ち物と思ってた。だって、知る訳ないじゃないか。運命が財産をねらってたなんて。

あの時、義母は、自分が「ミカママ」と呼ばれるのを断固として拒否した。ただのママでいたい、と言った筈だ。

「ぼく、やだ。ミカママなんて呼ばないから」

「あら」と、言って、義母は肩をすくめた。

「どうして？」

「だって、ママは、ママだもん」

「創ちゃん」

と、不自然なくらい優し気《げ》な声音で、義母は、おれの名前を呼び両手で頰をはさんだ。

「創ちゃん、あなた変よ。もう中学生なのに、赤ちゃん返りしているみたい。ママ、ママって、私のこと見張ってて、後、付いて来る。まるで置いて行かれると思っているみたい。ママはね、もう大丈夫なの。後は、病院に通いながら同じ病気を持つ人たちの集まりに行って話し合えば良いだけなの」

「でも……でも、ママ、お掃除ばっかりして……」

おれがそう言った途端、義母は、自分の前に置かれたテーブルの上のブリタの浄水ポットを手で払い落とした。直後、驚いて後ずさりするおれを怒鳴り付けた。

「仕方ないでしょ！　間が持たないんだから！」

「……間が持たないって？……」

その問いに義母は我に返ったようだった。床にぶちまけられた水に慌てて、ティッシュペイパーの箱を抱えてしゃがみ込む。そして、何枚も何枚も引き出しながら嗚咽《おえつ》の洩《も》れる口許《くちもと》を押さえる。

「ママ、ぼ、ぼく、ミカママって呼んでもいいよ！」

「もういいのよ。ごめんね、創ちゃん、変なこと言って」

「いいよ。呼ぶよ、ミカママって、呼ぶよ」

「呼ばないで！」

口に出しては呼ばない、と心の中で誓った。でも、義母の言葉で、ミカママは甦《よみがえ》ってしまった。それは昔、代用品みたいだ、と彼女自身が嫌って破棄した呼び名ではなかったか。

(2)

どってことない、というのが真知子の口癖だった。付き合い始めた当初は、人が真面目に話しているのに、と彼女のその物言いにむっとすることもあった。しかし、いつの頃からか、少しも気にならなくなった。彼女がそう口にする時、そこには少しも投げやりな響きがないのに気付いたからだ。ただ、明るさが瞬時に広がり、互いの間に漂う空気を軽くする。あ、好きだ、この感じは、と思った。そして、次第に、日常生活においての絶対に必要な言葉となった。おはようや、ありがとうや、さよならと似ている。けれども、それらと違うのは、真知子の口から出たものでないと、効力がまるで発揮されないということ。妹の千絵《ちえ》あたりに言われたりしたら、苛立《いらだ》つのは必至だろう。

最初に聞いたのは、真知子の住む古びたマンションに泊まった時のことだ。真冬の寒さが身に沁《し》みるという理由を付けて、布団にくるまって体を合わせた、その直後。

「あー、こんなことになっちゃって、吉武さん、大丈夫？」

ずい分と年の離れた女との意外な展開に困惑しながら、おれは尋ねた。すると、真知子は、枕に顔を押し付けたまま、うつ伏せの状態で片手を振って、こう返したのだった。

「どってことない、どってことない」

それを聞いて、いっきに気が楽になったが、こうも思った。本当に、どうということもない出来事なのか。それとも、惨《みじ》めにならないよう強がって見せているのか。もし、そうだとしたら、かわいそうなことしちゃったな。おれは、若い男というだけで年上の女からアドヴァンテージを取るような嫌な奴、と自分を思っていないつもりだったが、その時、彼女に対して少しだけ不遜《ふそん》であったのは否めない。

ところが、真知子が顔を上げた時、彼女が、おれの想像の範囲外のところにいる女だというのが解った。その表情には、ただ成り行きを楽しんだ満足感しか浮かんでいなかったからである。

「おなかすいちゃったね。澄川くん、何か食べない？」

おれは頷《うなず》き、布団を上げるように言われたので、そうしていると、真知子の手によるそうめんが、驚くべき早さで座卓の上に並んだ。冬にそうめんだよ？　おい！

「今の時期は、ほんとは、熱いにゅうめんにするんだけど、さっき、一所懸命にまぐわって体が熱いままだから、今回は冷たいそうめん」

真知子の言葉に不意をつかれて、おれは啜っている最中のそうめんにむせて咳込《せきこ》んだ。大丈夫？　と彼女が優しく声をかける。

「まぐわうって言葉、おれ、人の口から初めて聞いた」

「え、でも、したのは初めてじゃないでしょ？」

当り前じゃないか。もしかしたら子供扱いしているのか、とおれは少しばかり気分を害した。

「それって、あんまり綺麗な言葉じゃないんじゃないの？」

咎めるように言うおれに向かって、真知子は呆《あき》れて見せる。

「そんなことないよお。まぐわうって、漢字だと目を合わせるって書いて、送り仮名の『う』。素敵な当て字だと思わない？　あなたたちが使う『やる』とかより、全然、味があるってば」

「おれ、そんなこと言ってないし」

「言ってたよお。学食で、松尾くんたちのグループでそんな話ばっかしてたじゃん」

「……おれは聞いてただけだから」

「はいはいはいはい」

　こちらの言い訳などどうでも良いとばかりに、真知子は盛大な音を立ててそうめんを啜った。しばらくの間、不貞腐《ふてくさ》れた気分で、その様子をながめていたおれだったが、彼女の旨《うま》そうな食べ方につられて、再び箸を伸ばした。

　実際、それは旨かった。つゆには、急いで作ったという温泉玉子が割り入れられていて、驚くほどこくがあった。聞くと、その玉子は亡くなった夫の実家から、今でも定期的に送ってくれるものだと言う。

「だんなさん、いつ亡くなったの？」

「うーんと、もう十年近くになるかな」

「なんで？」

「自殺。ずっと鬱病を患ってたから」

「……ごめん」

思わず謝ってしまったおれに、真知子は目を見張り、その後、慌てて手を振った。

「いいの、いいの、気いつかわないでったら！　どってことない、どってことない」

翌日が連休なのを良いことに、おれは、その晩も真知子の部屋に泊まった。夫と暮らしていた家を売って購入したという中古マンション。古びた2DKで、散らかってもいたけれど、彼女の好きなものだけで満ち溢《あふ》れていて、ひとり住みの上手さをうかがわせた。そして、そこに漂う空気を楽しむために、おれは、ぽつりぽつりと訪れるようになった。やがて、一話完結のつもりであった二人の逢瀬《おうせ》がつながって、関係という糸になった。

おれは、真知子のことを少しずつ少しずつ知って行った。けれども、それは、彼女のここまでに至る背景や事情などとは、あまり関係のないことばかりだった。ベランダで育てている草花の種類や、好きな本や映画の類《たぐい》、休みの日の散歩コース、週に一度だけ食べて良いことにしているロールケーキの店のことなど。ひとりの人間に関する情報としては、他愛なさ過ぎるあれこれに思えた。でも、こちらから立ち入った質問をするべきではないと感じていた。会えば寝る仲になったというのに、深入りはするな、と自分の中の何かが告げていた。それが、彼女の年齢と決して無関係ではないのを、どこかで気付いてはいたけれども。

おれは、二人の会話からこぼれ落ちるものだけを、真知子に関する知識として自分の心に留《と》め置いた。それは、会うごとに増えて行き、我ながらひとりの女について、ずい分と物知りになったものだ、と呆れてしまうほどだった。

それなのに、よくよく考えると、彼女について自分が把握しているのは、ほんのいくつかの事柄に過ぎないような気もするのだ。夫に自殺された未亡人。彼が遺してくれたいくばくかの財産と大学の食堂で働いて得る賃金で日々の糧を得ている。今でも、亡き夫の家族とは交流がある。子供なし。そんな程度だ。

子供に関しては、どうしても気になって尋ねたことがある。自分より年上の息子がいたりしたら嫌だな、と思ったのだ。何だか洒落《しゃれ》にならない気がする。

しかし、それは杞憂《きゆう》に終わった。真知子が笑って、いないいない、と完全否定したのだ。

「いなくて助かったよー。だんな死んだ時、色々大変だったもん。子供のことなんか考えてやる余裕なかったと思う」

子供の四、五人は産んでもへっちゃらそうなのにな、とおれは真知子のころころと太った健康そうな体つきを見て思う。更年期だから太るんだ、と彼女は言い訳していたけれども、老いと共に干涸《ひから》びるようにやせて行くよりは、はるかにましだと思う。彼女は、おれの体の下で、まだまだ柔らかく、欲望の受け皿として充分に機能している。あらかじめ他人の目にさらさないと決めた男と女の関係は、誰の口出しも許さずに、二人の心地良さのすべてを許容する。おれは、彼女の短い首から肩に続くぽってりとした曲線を唇でなぞりながら、思う存分に欲情した。ぎりぎりかな。そんなふうに考えて溜息《ためいき》をつく。間に合って良かった。

二人は、互いに関する情報を惜し気もなく提供し合ったが、その種類は、まるで異なっていた。おれは、どんどん彼女の趣味や嗜好《しこう》について詳しくなった。しかし、彼女に貯えられて行ったのは、おれが積み重ねて来たエピソードの数々だった。

おれは若く、言葉足らずで、真知子のように、自分を自分らしく味付けしているものたちのことを上手《うま》く説明出来なかった。

「いいのよ」

言葉に詰まるおれに、真知子は言った。

「あなたから、すっと出て来る言葉だけを聞けばそれでいいの」

おれは、言葉を捻《ひね》り出して自分を語るのを、その時、止《や》めたのだった。すると、口をついて出るのは、今のおれを形作って来た数々の事柄。それらは具体性を伴って、真知子が外に漂わせる自分らしさのフレイヴァについて語るのとは逆に、おれの内に層を成している忘れがたいものたちを解放する。

義母が最初に入院した夏、実は、おれは千絵を連れて病院に行ったのだった。うだるような暑い日のことだ。病院の敷地内での蟬《せみ》の鳴き声がけたたましいほどであったのを良く覚えている。

郊外にある我家から、その二十三区内にある精神病院までは、何本か電車を乗り継いで行かなくてはならなかった。それまで使ったことのない私鉄の切符を買う時、おれの手は緊張で強張《こわば》った。

「創兄ちゃん、本当に行き方知ってるの？」

千絵が、不安気に、おれの手許を見詰めている。

「当り前じゃん、もうじき中学生だよ？」

　平静を装ってそう笑ったが、おれは、自分で切符を買ったことなどほとんどない。通学で電車には慣れているが、知らない場所に千絵を連れて行ったことがないから、今さらながら責任感の重みで押しつぶされそうになっている。やはり、ひとりで来るべきだった、と後悔した。だいたい、子供たちだけで押しかけても、会わせてもらえるのかどうかすら解らないのだ。それに、この暑さ。千絵の具合が悪くならないように充分気をつかってやらなくてはならない。ああ、なんて無謀なことを思い付いてしまったのだろう、と既に顔を真っ赤にして汗を拭《ぬぐ》っている小さな妹を見て、おれは唇を噛《か》み締めたのだった。

　きっかけは、その何日か前のことだった。父と真澄が義母の病院について話しているのを、通り掛かったおれが耳にはさんだのである。おっ、と思い、足を止めて、そのまま盗み聞きしていたつもりだったが、とうに気付いていた真澄に呼ばれた。

「こそこそするの止《や》めて、あんたもちゃんとマコパパの話を聞きなさいよ。これからは、皆で協力しなきゃならないんだからねっ。いつまでも、ママーママーって、めそめそしていられると困るのよ」

なんて嫌な言い方をするんだろうと思ったが、義母の様子について知りたくてたまらなかったので、渋々、二人の側に近寄った。父は、その話を聞かせるには、おれが小さ過ぎるのではと心配したようだが、真澄は、きっぱりと言った。

「創太は、今、うちの唯一の息子よ。ママについては知っておく必要があると思うの」

それを聞いて、内心嬉しかったが、本当かな、とも感じた。だって、真澄お姉ちゃん、ぼく、ママの本物の子じゃないんだよ？

澄生の死後、おれの胸には、彼には悪いが、何度も不思議なやる気が湧き上がった。けれども、それは、いつも呆気《あっけ》ないほどたやすく踏みにじられた。そのたびに、自分に言い聞かせて来たのだ。本物の子供じゃないってだけの理由からなんだ。ぼくが嫌われているからじゃない。

義母は生活のすべてを酒によって支配される病気にかかってしまったのだ、と父は言った。酒によって支配されるという意味は、おれには解らなかったが、彼女が澄生の生きている頃のように日常を送れなくなっていたことはじゅうじゅう承知していた。たぶん、それに関しては父よりもずっと詳しかっただろう。

「澄生お兄ちゃんが死んで、悲しくて悲しくて、ママは、あんなふうになっちゃったんでしょう？　澄生お兄ちゃんが死んじゃったせいで」

おれの言葉に父は首を横に振った。

「病気なんだよ。誰のせいでもない。ママは、間違った薬を飲み過ぎて病気になってしまったんだよ」

昔は、間違った薬ではなかったのだ、というのが子供心にも解った。おれは、心の中でいつもなだめている疑問がふと頭をもたげて来るのを感じて慌てた。それは、こういうこと。

もしも死んだのがぼくだったら？　そしたら、お酒は間違った薬にならなかったんじゃないの？

おれは、この問いを封じ込めるために、ずい分とあがいたものだ。けれど、今なら自己憐憫《れんびん》の甘苦さと共に、こう答えることが出来る。仮定形になる死なんて、この世にひとつもないよ、と。訪れてみなくては、何が起るか解らない。そう思わないと、世界は恐怖に覆われる。とりわけ、失いたくない人がいる者にとっては。

「かわいそうだ」

ぽつりぽつりとおれの口から出る思い出話を聞いて、真知子はそう言う。よせよ、と照れると、ううん、と真顔になり、おれを見詰めて、もう一度言う。

「あんた、かわいそうだよ」

「そうかな」

「うん、創ちゃん、かわいそう」

いつのまにか創ちゃんと呼ばれている。何だかくすぐったい響き。義母もそう呼ぶけれども、その時とは全然違う人間になったような気がする。そう言えば、おれはあの人にかわいそうだなんて言われたことは一度もない。言われたいかって？　まさか。かわいそうという言葉は、言われる側に言ってもらいたい人を選ぶ権利がある。決して自分のプライドを傷付けない、と信じている人にだけ言われたい。

真澄がいつも言っていた。私ね、かわいそうって思うのがすごく苦手なの。人に同情しない冷たい奴？　とおれは茶化して言ったけれども、本当は、そういう意味でないのは良く解っている。彼女が、おれを見て、ぼろぼろと涙を流しながら、その言葉を呟《つぶや》いた時に知った。おれは、この姉に、初めて抱き寄せられ、かわいそうと思われるのも悪くないな、なんて感じてた。そして、そんなふうに思わせてくれる人など他にいるだろうかと。

　でも、いたんだ。ここに。

　父は、妻を決してかわいそうだとは言わなかった。家族のひとりが死んで傷付いているのは彼女だけではない、というのを事あるごとに示そうとしていた。もちろん、それは正しいし、義母だって、そんなことは頭の中では理解していた筈だ。けれども、どうにもならなかった。そのどうにもならなさは、澄生が死んでみて初めて知る類のもの。誰かの死は、すべて遭遇した人の初体験なのだ。千人いれば千通りの死の受け止め方がある。父は、自分の妻が彼の義理の息子に、どのように絡み付いていたのかを、もっと知らなければならなかった。そして、その存在が彼女の心と体にどんな具合に組み込まれ、それを無理矢理外された時に出来る欠損がどのくらい大きなものなのかを。

　ないがしろにして来たそれらのことにようやく気付いた時、マコパパ、あなたは、こらえ切れずに涙を流しながら、こう言ったね。

「ぼくは今まで、あんなにも惨めな人間を見たことがない。そして、同時に、ぼくは、あんなにも人をいとおしいと思ったこともなかった」

その、惨めでいとおしいという人間に、どうしても会ってみたくて、おれは小さな千絵を連れて、あの炎天下、短い旅に出たんだ。

(3)

澄生の死んだ後の人目もはばからない澄川家の嘆きが、段々と落ち着いて行き、家族ひとりひとりが自分に合った悲しみを選択し始めた頃、世の中は、イギリス王室の一員だったダイアナ元妃の死を盛大に悼んでいた。

おれは、テレビの画面上で何度もくり返されるその豪奢《ごうしゃ》な葬儀や、市民の無礼講のような悲嘆に暮れる様子を見ている内に、理不尽にも妬《ねた》ましい気持が湧くのを抑えることが出来なかった。我家の有様が、どうにもしょぼくれているように思われたのである。誰もが日常との折り合いを付けられなくてあたふたしている感じが。

義母は風呂にも入らずに泣いているから側に寄ると臭《にお》うし、父は仕事の大変さにかまけて落ち着いて喪に服していないし、真澄は家事と悲しみの両立に四苦八苦している。千絵に至っては、兄の死よりも自分が退屈することの方が重大事のようだ。そして、おれは、兄の死にかこつけて、義母との距離を少しでも縮めようといじましい努力をしていた。

それでも普段は、そんなことを思いもしなかった。親愛なる兄を突然失くしてしまった弟として、自分とそして家族の心痛の扱いに心を砕いていた。

なのに、ふとしたことで我に返るのだ。

どうして、うちはこんななんだろう。あんなふうにりっぱに終わりに出来てない。澄生お兄ちゃんだって、皆にとっては、ダイアナさんと同じくらい気高い人の筈なのに。

そんなふうに、不公平を感じて気分を落ち込ませていたおれは、翌週、さらに荘厳な死の悼み方を見て度肝を抜かれる。マザー・テレサが亡くなったのだ。

その人のあまりの偉大さは、死を悲劇とは無縁のものに見せていた。人々は、宝のような存在を失ったというのに、ほとんど幸福に見える。そんなことってあるんだろうか。敬愛する人がこの世からいなくなっちゃったっていうのに。

おれは、興奮してテレビの画面から目を離せずにいた。自分が、何故、こんなにも気持をたかぶらせているのか解らなかった。

「それはね、マザー・テレサを崇拝する人たちにとっては、マザー・テレサさんが死んでいないからよ。高い所にのぼって行っただけで、まだ、ちゃんと生きているの」

おれの素朴な質問に、真澄がそう答えた。え？　どうして？　と不可解な表情を浮かべるおれに、彼女は続けた。

「それが崇拝するってことなのよ」

「すうはい……」

意味が解らないまま、その言葉を口にしてみた。

「言っとくけど、澄生だって、まだそこら中に生きてるのよ。でも、幸か不幸か、あの人は愛されっぱなしで、崇拝はされていなかったの」

そこまで言うと、真澄は下を向いた。そして、途方に暮れたように、ぽつりと口にする。

「いつになったら、私たち、澄生をちゃんと死なせてやれるんだろうね」

おれは、思わず、周囲を見回した。真澄の言うように、本当に澄生がいるような気がしたのだ。しかし、当然のことながら姿は見えない。

「ママを見ていると、そんな日が来ないんじゃないかって思えて来るの」

いつも気丈に振舞っている姉の気弱な様子は、おれの胸を苦しくさせた。彼女は、家を元に戻そうと、義母の分まで重荷を引き受けてしまっている。

「真澄お姉ちゃん、大丈夫？」

「うん……大丈夫だよ。でもね、創太、今さら考えても無駄だって思いながらも、考えずにはいられないの。どうして、あの日にあの雷雨、そして、その中にいたのが澄生でなくてはならなかったのかって。よりによって、澄生に雷が落ちなくたっていいじゃないの⁉」

ふと、死に選ばれる、という言葉が頭をよぎった。いったい、どこでそんな言い方を耳にしたのだっけ。ああ、そうだ、澄生の遺体にすがり付いたまま離れなくなってしまった義母が言ったのだ。澄《すみ》ちゃんみたいな素晴しい子に限って死に選ばれてしまう、と。

そう言えば、澄生は、あらゆる意味で、選ばれることの似合う人だった。

初めて新しい家族となる三人に引き合わせられた時のことは良く覚えている。と、いうより、むしろ、おれの記憶はあそこから始まっていると言っても良いだろう。その二年前に死んだ実の母のことは、まったく覚えていない。おれの面倒は、父の姉である伯母が見てくれたそうだ。今でも、彼女は会うたびに、おれの世話がどれほど大変だったかを語り、おもしろおかしく恩に着せる。彼女は、気さくでユーモアに満ちた愉快な人物で、父の再婚を我事のように喜んでくれた。

「さあ、行っておいで！」

新しい母ときょうだいに対面する日、伯母はそう言って、四歳になるおれの尻を叩き、送り出した。その、ぱん！　という音と共に、遅ればせながら、おれは人生のスタートを切ったのだった。それ以前の記憶はないので辿《たど》れない。昔のアルバムで実の母の写真を見たことはあるが、たいした感慨はない。時代のせいなのか、眉毛が異様に太かった。そして、きついパーマで波打たせた長い髪に赤い口紅。野暮ったいな、と感じた。早死にしてしまったのは気の毒だが、とても死に選ばれた人のようには見えない。

自分を産んでくれた人に対して、そんなふうに思うなんて冷たいような気もするが、抱き上げられた温かい記憶も残っていない人を慕うのは難しい。物心付いたばかりのおれに必要だったのは、ひとりぼっちではないと安心させてくれる存在だった。話しかけたら話し返してくれる人。笑いかけたら笑い返してくれる人。そして、それよりも何よりも、温かい息づかいで、その場の空気を振動させてくれる人。

やあ、と澄生は言って、体を折り曲げて、目の高さをおれに合わせた。

「ぼく、今日からきみの兄ちゃんだから、なんなりと言いつけてね。すべて仰《おお》せのままに」

そう言う澄生の横で、真澄がげらげら笑っていた。

「澄生って、ほんと、変」

二人は、じゃれ合うようにして小突き合っている。そんな彼らの様子は、とてつもなく大人っぽく、おれの目に映った。

記憶力がいいね、とよく言われる。でも、それは、おれの脳みその出来が良い訳ではなく、あの時の印象を取っ掛かりとして、あらゆる過去を辿ることが出来るからだと思う。澄生たちとの出会いの場面を基準にして、時間の経過を計るのだ。すると、かつて見たさまざまな場面が、いとも簡単に甦る。そのくらい、彼らのたたずまいは、強烈におれを捕えた。美しかったかって？　そりゃあ、もう。絶対的に美しいものは、子供心にも解る。

そんなことを言うと、いつも真知子に笑われる。記憶は本人の都合の良いように改《かい》竄《ざん》されて行くものなのだそうだ。

「でも、それは全然悪いことじゃないんだよ。だって、その人が生きて行くのを楽にする、ひとつの方法なんだから。創ちゃんの人生の一番初めの記憶がきらきら輝いてたなんて、すっごくいいじゃない？」

「真知ちゃんの記憶も、生きやすくなるように変えられている？」

おれは、彼女を、真知ちゃんと呼ぶようになっている。

「そうね。もう、どんどん変えちゃってる。元の形が解んなくなるまで変えちゃって、自分の味方にしちゃってるよ」

「それじゃ改竄っていうより捏造《ねつぞう》じゃん」

おれが呆れると、真知子は、あはは、と笑う。

「うんとおばあさんになった時、私が、自分の年齢《とし》の半分くらいの男の人と付き合ってたんだよって言ったら、きっとみんなひどい捏造だって思うだろうね」

「いや、ただ、ぼけたんだって同情するんじゃないか？」

「ひどーい」

言って、真知子は、体を預けて来る。その勢いと重みで倒れかかりながら、おれは漠然と思う。義母の記憶に住む澄生は、少しも変わらないのだろうか。だとしたら、どんなにつらいことだろう。さよならを告げずにいなくなる前の、そのままの姿で心の中にたたずんでいるなんて。

ママ、こっちの方が似合うんじゃない？　そう言って、別の首飾りに着け替えてやる澄生を振り返った時の、義母のとろけるような微笑みを、おれは忘れない。自分の息子によって至福に誘《いざな》われたあの瞬間に目に映ったものは、彼の形見になってしまったのだ。

おれは出会った時から、義母に心奪われていた。何が一番好きだったかと聞かれれば、匂いと答える。それは、甘かったり香ばしかったり、さまざまな風味が混じり合いながら、彼女独特のものに仕上げられ、おれの鼻をくすぐった。すると、そのたびに、匂いの元に顔を押し付けたくなるのだ。顔全体、いや、体全体で、その香気に浸りたくてたまらなかった。

幸福。子供には、そんな概念などないと思う。けれど、嗅《か》ぎ取ることは出来るのだ。あの頃、義母の腕の中は、幸福を染み込ませた匂い袋そのものだった。それを自分だけのものにしたくて、おれは、いつも必死になっていた。浅はかな子供。どうしたら彼女の気を引けるかばかりを考えていた。何もしないで、そこにいさえすれば与えられるものを、無理に引っ張り出そうとしたのだ。だって、仕方がないじゃないか。「本当の息子」に負けたくなかったんだから。

創太、あんただけじゃないのよ、と真澄に言われたことがある。私だって、千絵ちゃんだって、澄生には負けていたんだから、と。

「親の愛情が平等に子に分け与えられているなんて、そんなの絶対嘘だと思うわ」

真澄は、そう言って、子供のいる何人かの知り合いの例をあげた。

「息子と娘がいた場合、母親の愛情の比重は絶対に息子の方に置かれてるね。ま、それを考えても、澄生の場合は別格だったけど」

「おれだって息子なんだけどね」

「うん、でも、創太は……」

言いかけて、真澄は口をつぐんだ。それは、まだ言いにくいことなのか、とおれは肩をすくめる。ただの事実に過ぎないのに。

「血がつながってないってこと？」

真澄は、すぐには答えずに、しばらくの間、考えていた。そして、ようやく言葉を見つけたらしく口を開く。

「時々、思うのよ。もしも、あんたが、ママの産んだ子だったら、今、どうだっただろうって。澄生が死んだ後、ちゃんと立ち直れてたんじゃないかなって」

「おれが後から付け足された子供だったから慰めにならなかった？」

「自分の母親ながら、すっごく愚かだと言わざるを得ないんだけど、そう。連れ子を差別してはいけないなんてこと、もちろん、あの人は解ってるし、自分がそうするような嫌な人間だなんて気付いてもいないと思うけど、結局、自分の血を生理的レベルでものすごく重要視してた人だったのよ」

「そんなこと言うなよお、真澄お姉ちゃーん、ぼく、そんなこと言われたら悲しくなっちゃうよお」

ふざけた調子で、子供の頃のような口調を使い、真澄の肩に顔を伏せた。すると、彼女も、昔に戻ったかのように、おれの頭を撫《な》でて言った。

「かわいそうな創太」

義母がシュークリームを焼いていた時のことだ。おれは待ち切れずに台所に入っては出てをくり返していた。オーヴンを覗《のぞ》くと、シュー皮が膨らみかけているし、彼女のかき回す鍋の中ではカスタードクリームがとろみを増していた。

「もう少しで出来るからね。澄ちゃんも帰って来るから、皆で、お茶にしましょうね」

そう言って、義母は、ガスの火を止め台所をいったん離れた。少し経って、焼き上がりを知らせるオーヴンの音がした。待ち切れない思いで、それを聞いたおれは、手伝うつもりで、その扉を開けた。あっ、と思った時には、もう遅かった。はち切れそうに膨らんでいたシュー皮が、見る間にしぼんで、ぺしゃんこになって行った。

おれは青くなった。温度が下がるまでオーヴンの扉を開けてはいけないとは知る由もなかった。

「あー、やっちゃったな」

という澄生の声と義母の悲鳴を聞いたのは同時だった。その瞬間、おれの体は硬直してしまい動けなくなった。

「創ちゃんたら、どうして余計なことするのよ‼」

義母に体を揺さぶられて、その途端に目から涙が噴き出した。そして、ごめんなさいごめんなさいと謝り、その内、どうして良いのか解らなくなり、オーヴンの中のつぶれたシュー皮を口に詰め込み始めた。

あっ、こら、と言って、澄生がおれの体を背後から抱え込み、止《や》めさせようとした。しかし、おれは、哀しい形になってしまった焼菓子をなおも口に入れ続けた。すると、その内、喉《のど》からグェッという音がして、吐《と》瀉物《しゃぶつ》が盛大に噴き上げられた。

義母も澄生も呆気に取られているようだった。おれだって、どうしてそんな事態になったのかが解らなかった。ただ、ひどい敗北感のようなものを覚えて、自分のげろの上に伏して、えっえっと声に出して泣いた。

あの時の感情を、いったいどう説明したら良いものか。何故だろう、たいして広くもない台所で起きた出来事だというのに、おれの目の前には果てしない世界が広がっていた。そこをたったひとりで歩いて行かなくてはならないような気がして、心細さでいっぱいになっていたのだった。

ペイパータオルで、おれに付いた汚れを拭《ふ》き取りながら、義母が言った。

「ねえ、澄ちゃん。この子、どっかおかしいんじゃないかしら」

モップで床を掃除していた澄生が低い声で笑った。

「何言ってるんだよ。全然、おかしくなんかないよ。創太はね、この家での存在感を示したいだけなの」

な、と言って、おれを見詰める澄生の瞳はあくまで優しい。彼の言うことは違うような気もする、と思ったが、おれは何も言わない。ただ、彼のように、何も欲しいと感じないくらいに満たされている人が、羨《うらやま》しくてならない。

「カスタードクリームだけ余っちゃったわ」

「あれだけスプーンですくって食べるのも、ぼく好きだな。ブリオッシュにはさんでもいいんじゃない？」

「あ、そうね。そこらのパン屋さんより、ずうっと上等のクリームパンになる」

義母と澄生は、しばらくの間、カスタードクリームの可能性について語り合っていた。それは、何という優雅で鼻持ちならない母と息子の会話だったことか！

ふと、まだげろの臭いをさせたままでいるおれに気付いて、義母が言った。

「澄ちゃん、悪いけど、この子にさっとシャワー浴びさせてやってくれる？」

「いいよ。行こ、創太」

澄生に促されてバスルームに向かおうとした時、まるで、ひとり言のように呟く義母の声が聞こえた。

「そうよねえ、考えてみたら、母親の味を知らない不憫《ふびん》な子なんだものねえ……」

思わず振り返った。不憫という言葉の意味は知らなかったが、たまらなく嫌なものを感じたのだ。人を温かく疎外するような響き。

シンクに寄り掛かって納得したように頷く義母の姿がおれの目に入る。そこには、自分の中にある慈悲深さを意識した人に特有の尊大な顔がある。それは、どこか卑しく、それ故に美しさを引き立てる。届きそうで届かない憧れが、子供だったおれを刺す。

おれも、また、一番大切だった人の記憶を改竄したことがない。

(4)

澄川家では、千絵だけが、他の皆全員と血のつながりを持っている。彼女の姿には、この家の誰の面影も見て取れる。もちろん、澄生も、そして、おれも。彼と自分をひとりの人間の上に見つけることが出来るなんて、奇跡のようだと思う。けれど、性格は、たぶん、どちらにも似ていない。真澄にも似ていない。自分勝手で自由だ。母親の具合が悪いことなど一向に意に介さない様子で飛び回っている。せっかく進んだ大学も、あまり通っていないようだ。父が、かなり無理をして入学金を用意したというのに。

だからじゃないの、というのが千絵の言い草だ。マコパパに苦労をさせないように、今の内に働いてお金を貯めておくのよ、というのが理屈。だからって、水商売のアルバイトを学業より優先させているのはどうかと思う。どこでどうしているのやら、何日も家に帰らないことなどしょっちゅうだ。せっかく、どうにかこうにか維持しているこの家なのに、家族全員がここにそろうことは、もう、ほとんどなくなってしまった。

父は、レストランチェーンを友人と共同経営していたが、バブル期に手を広げ過ぎて失敗した。どうにかこうにか倒産は免れたものの、事業は大幅な縮小を余儀なくされた。それでも、安いマンションに住み替えたりすれば、極端に生活のレベルを落とす必要はなかった筈だ。ところが、そうしなかった澄川家は、前とは比べものにならなないくらい質素な生活を強《し》いられるようになった。というのも澄生の死後、義母が、愛して止《や》まないこの家に住み続けることに固執したからである。何年か前に持ち主から買い取ったシックな家は、まだかなりの額のローンの支払いを残していた。

ママ、ここを出て新しいとこで生きて行く自信ない、と義母が消え入りそうな様子で呟いた時、家族の誰もが頷かずにはいられなかった。それほど彼女は心身共に衰弱して見えた。皆、その瞬間に決意したのではないか。この家を離れない、離れる訳には行かない、と。彼女を現実の世界に引き止めておけるのは、澄生の気配がまだ残るこの場所以外にないように思われたのだ。自分たちだけでは無理だ、とたぶん全員が感じていた。いまだ存在感を保ち続ける死者にはかなわない、と早々に敗北を認めてしまったのだった。

その後、一番早く行動を起したのは真澄だった。

澄川家の子供たちは、義母方の家が代々そうだからという理由で、全員、大学まである私立の一貫校に通って来た。いわゆるお坊っちゃん、お嬢さん校と呼ばれるような金のかかる学校だ。昔は良家の子女が多かったらしいが、日本経済がバブルに向かい始めてからは、おれのような成金の子供たちの数が増えた。そして、そのことが、昔の格式を重んじる校風の中に自由闊達《かったつ》な空気を送り込み、生活に何の不自由もなく育てられた児童生徒たちの屈託のなさと相まって、のびのびと学べる環境を作り上げていた。

そんな中、澄生が特別な場所を与えてくれた。おれたちきょうだいは、誰もが一目置く澄川澄生に付属しているというだけで、何の苦労もなしに周囲からの敬意を勝ち取っていた。彼が死ぬ前も死んだ後もそれは変わらなかった。むしろ、伝説になったという理由で、死んだ後の方が、より丁重に扱われたかもしれない。

そりゃね、ヒーローが雷に打たれたら、もう無敵でしょ。そんなふうに、おれは鼻白むことも多かったが、快適な学校生活を送れるのはありがたかった。どの時代の、どこの学校の例に洩れず、ここでも、外からは見えないような所で、頻繁ではないにせよ、弱い者苛《いじ》めや諍《いさか》いがあるらしかったから。

その居心地の良い場所を出て行く、と真澄は宣言したのだった。大学には進まず、専門学校で経理を学びたい、と彼女は言った。そして、やがてはマコパパの仕事を手伝い、この家の維持に貢献するつもりだ、と。

ちょっと待てよ、とおれは言った。格好良過ぎるんじゃないのか。すると、彼女は、ふふん、と鼻先で笑って、こう返したのだ。

「じゃ、あんたも格好良くなってみなさいよ」

そして、なんだよ、それ、と憮然とするおれに、こう続ける。

「あんたは、今から受験勉強して、高校は公立に行く」

これまで考えたこともないアイディアを突き付けられて、呆気に取られた。自慢じゃないが、勉強には全然自信がない。

一創太も、そろそろ勉強を好きにならなきゃ」

「ぼく、勉強は嫌いじゃないんだよ。でも、ぼくの好きな勉強は、試験勉強じゃなくて社会勉強なんだよ」

「うちの学校の生徒が外で受験するって、それだけで社会勉強だから！」

そのやり取りを聞いていた父が、突然テーブルに両手を突き、すまない、と頭を下げた。

「こうなったのも全部、ぼくの不徳のいたすところ……」

芝居がかった言い回しに、真澄とおれは、思わず顔を見合わせた。

「それでも、うちの社がどうにかこうにか持ちこたえて来たのは、きみたちの協力があってこそだよ」

「うちの社ってさあ……マコパパ、小さくなっちゃった今は、ただの食べ物屋の親父《おやじ》じゃん。しかも、自分じゃ料理の出来ない」

「いや、ごもっとも」

真澄の辛辣《しんらつ》な指摘にうなだれる父は、不思議と憐《あわ》れには見えなかった。この人は、いつもどこか不謹慎な匂いをまとっていて、おれは、それが決して嫌じゃなかった。義母の入院騒ぎの直後には、相当まいっていたようだったが、人前では努めて平静を装っていた。その様子は、飄々《ひょうひょう》として見えたが、装っているというのがおれには解った。もちろん、真澄にも、だ。

千絵を連れて義母の入院先の病院を訪ねようと思いついたきっかけになったあの日、おれは、それまで知らなかった父を見た。何が起ってもたいしたことじゃない、とその態度で安心させてくれる頼もしい人は、そこにはいなかった。彼は泣いていた。糸を引いて落ちる鼻水など意に介さず、泣いていた。本当に悲しくて泣く時は、大の大人も子供も同じなのだなあと思った。澄生が死んだ時も彼は泣いたが、あの時よりも痛ましく見えた。義母はまだ生きているというのに。死んだ澄生より、死なれた彼女の方がより大きな悲劇を背負ったというのか。

義母が精神病院に移された翌日、父が入院手続きをしに行った時に会った彼女は疲れ果てた様子だったけれども、普通に話せたという。少なくとも、自分が常軌を逸した行動に出たらしいことは認識していたのだと。自分の行動の一部始終を教えられて、本当にお酒のせいなの？　と首を傾《かし》げていたそうだ。

しかし、その次に父が面会した際には、別人のように変わり果てていた。

父が案内されたのは、食堂と談話室を兼ねたフロアだった。彼は、自分の妻がどこにいるのか病院のスタッフに尋ねてしまったと自嘲《じちよう》するように笑った。患者らしき女性は、ほんの数人しかそこにいなかったというのに。

あそこですよ、と指差された先に義母はいた。広々とした空間の一番隅のテーブルに背中を丸めて着いているのが彼女だった。その前には、もうとうに食べ終えていなくてはならない筈の昼食のトレイがあった。いったい何が起ったのかと足早に近付いた父の目に、箸で煮豆をつまみ上げようとしては失敗する姿が映った。それは、とてつもなくゆっくりとした動作で、彼女が正常でないのは明らかだった。

「美加《みか》」

父は、恐る恐る名を呼んだ。しかし、聞こえていないのか、返事はない。何度も何度も呼んだ。それでも何の応答もなく、よだれをたらして箸を動かしているばかりだ。とうとう彼は業《ごう》を煮やして、体を揺さぶり大声を出した。すると、ようやく義母は顔を上げて、呂律《ろれつ》が回らないような口ぶりで応えた。

「あーマーコーちゃーんー」

父は、思わず変わり果てた妻を抱き寄せた。髪に汚物が付いたままカリカリに固まっていたが、かまってはいられなかった。ただ、自分の腕の中に入れて守らなければという思いに駆られて、かつて幸せの象徴だった人をきつくきつく抱き締めた。

後の医師からの説明によると、義母は、前の晩もひどい離脱症状に襲われ、手の付けられない状態になり、保護室と呼ばれる部屋に隔離せざるを得なかったという。精密検査の結果を見るまで待たなくてはならないが、脳に小さな萎縮が起きている恐れのある箇所が見つかったとのことだった。症状が落ち着いたら、父も一緒にカウンセリングを受けるよう指示された。

「美加」

呼ぶたびに義母は、条件反射のように父の名を呼び返したそうだ。

「マーコーちゃーんー」

いったい、どんなに強い薬を投与されたのか。でも、あんなになっても、自分を助けに来てくれる人の名前は解ってたんだな、と父は言った。そして、こう続けた。行き着く所まで行き着いたんだ、と思うと、正直、安心したよ。後は、精一杯助けてやるしかない。

「ぼくが、もしも、そこに行って、ママって呼んだら、きっと間違えて、ぼくのこと澄ちゃんって呼ぶね。あ、こっか。すーみーちゃーんー」

自分を嘲笑《あざわら》うように、そんなことを言った途端、真澄がおれの頬を打った。おれは、打たれた箇所を押さえながら、溢れるものを必死にこらえなくてはならなかった。

「どうして、創太って、そんなにも馬鹿なのよ！」

「ぼく、ぼく、馬鹿じゃないもん」

そう、おれは、決して馬鹿なんかじゃなかった。澄生の死後、義母に関して一番詳しいのは自分だったと、今でも断言出来る。

突然、真澄が、わっと泣き出した。と、同時に、おれを乱暴に引き寄せる。そして、何度もかわいそうかわいそうと口にするので、ついに、おれも、かわいそうかもしれない自分のために泣き始める。すると、そんなおれたちを両腕で抱えるようにして、父も再びしゃくり上げる。

たぶん、あれが、恥も外聞もなく親子三人で一緒に泣いた最初で最後になるだろう。身も蓋《ふた》もないとはあのことだった。抑えていたすべてのものを吐き出すかのような泣き方は、まさに、咆哮《ほうこう》と呼ぶべきもので、あまりにも強い感情をぶつけ合っていたから、もしも人が見ていたら力強いスクラムを組んでいるように思われたかもしれない。

事実、父は、気持が鎮まった後、ばつが悪そうにこう言った。

「……なんと言うか、協力し合って泣いたって感じだな」

「……それの何が悪いって言うの？」

真澄は、そう呟いて、力尽きたように、おれに体を預けたままでいた。おれは、その時、千絵を連れて義母に会いに行くことを、こっそり決意していた。父に、さりげなく病院への行き方などを尋ねながら。

しかし、おれと千絵は、病院までは辿り着けたものの、義母に会うことは出来なかった。

そこは、子供のおれたちには、とてつもなく大きな病院に思えた。私鉄の小さな駅を降りて少し歩いた所にそれはあり、敷地を囲む塀が、青々と繁る木々と共にどこまでも続いていた。歩いても歩いても、どこから中に入れるのかが解らず、おれは、千絵に飲み物を買うために入ったコンビニエンスストアで、店員さんに尋ねてみた。すると、その年配の女の人は、おれと千絵を交互に見て首を傾げた。

「誰に会いに行くの？」

「は、母です」

おれの答えに彼女は訝《いぶか》し気な表情を浮かべた。

「お母さん、入院してるの？」

「ママは、お酒を飲み過ぎて病気になったの」

今度は千絵が答えた。

「ねえ、ちょっとぉ、田辺さーん、この子たちだけで、入院中のお母さんに面会出来るの？」

店員さんは、おれたちの背後で雑誌の立ち読みをしている女性客に声をかけた。田辺さんと呼ばれた人も入院患者なのだろう、点滴のスタンドを引いている。

「なんで入ってんの？」

「アル中だってさ」

「いつから？」

おれは、どぎまぎしながら指を折った。

「えっと……む、六日前からです」

「あー、じゃ、無理だ。抜けるのに二週間はかかるから、その後、誰か大人の人と一緒においで」

田辺さんは、同情するように言った。

「創兄ちゃん、千絵たち、ママに会えないの？」

ストアの冷房でいったんは引いた汗が、再び、どっと流れ出た。

「……う……ん、なんか、そうみたい」

「創兄ちゃんの嘘つき！」

千絵は、暑さと失望からか、しゃがみ込んでぐずり始めた。

「千絵、ママに会いたいのー、ママーママー、アイスも食べたいのー、ピノーピノー、おしっこするー、おしっこー」

混乱して、頭を抱えたくなった。おれが時々そうなってしまうように、千絵も赤ん坊返りしている、と思った。こんな駄々のこね方は、小学校に上がった年齢《とし》の子のものじゃない。澄川家は、本来、司令塔となるべき母親の任務放棄によって、誰もが何らかの欠落を抱えてしまったようなのだ。あの、しっかり者に見える真澄にしたってそうだ。時折、信じられないくらいに他愛のない原因から拗《す》ねるようになった。この間なんて、冷蔵庫に残してあった筈の宅配ピッツァが失くなっていると癇癪《かんしゃく》を起していた。前は、冷めたピッツァなんか絶対に見向きもしなかったくせに。

「おばちゃんがトイレ連れてってあげるね」

ふと我に返ると、店員さんが、千絵の背を押して化粧室に案内しようとしていた。あ、すみません、と言って、二人を目で追っていると、田辺さんが、ストアのガラス窓の外を指して、おれに話しかけた。

「ぼく、あそこに横断歩道あるでしょ？　あれ渡ったとこが病院の裏門ね。今日、守衛さんいないから自由に出入り出来るの。行ってみたら？」

おれは、頭を下げて礼を言うと、店員さんに連れられて戻って来た千絵を連れて外に出た。向かうのは、もちろん病院の中だ。義母に会えなくても良いと思った。ただ、どんな所で日々を過ごしているのか確かめたかったのだ。

病院の敷地内は、一見、公園のようにのどかだった。生い繁る緑からは、蟬時雨《しぐれ》が降り注いでいた。

おれたちが歩く小道の片側には広場があり、木陰のベンチには患者さんらしき人々が腰を下ろしていた。あまりの暑さのせいか、誰もが動かずに、ただじっとしているように見える。

反対側には近代的な施設があり、入口には、子供でも知っている某有名大学の医学研究所の名があった。その横には金網に囲まれたテニスコートがあり、学生なのだろうか、ゲームに興じている。女子の身に着けている白いスコートが翻《ひるがえ》って、とてつもなく眩《まぶ》しい。炎天下のこの時間にテニスなんて、とおれは思った。休憩時間なのだろうか。それでは、広場に集う人々はどうなんだろう。彼らもそうなのか。でも、今さら、何のための休憩だ。

不思議な気がしてならなかった。おれの歩いている一本道が、右側の世界と左側の世界をくっきりと隔てている。

片側からは、ボールを打つ軽快な音が聞こえ、時に歓声が上がる。それに比べると、もう一方の側は、蟬の鳴き声だけしか聞こえない。視線をやれば、何人もの姿が目に入るのに、人の気配を、まるで感じることが出来ない。少し経って良くなって来たら、義母も、そこに混じるのだろうか。生命力に満ちた白いボールの行き交う世界の反対側で、ベンチに腰を下ろし、物言わぬまま時の過ぎて行くのを待つのだろうか。彼女は、いつだって、笑いながら白球を追う種類の人に見えたのに。

「創兄ちゃん、千絵、気持が悪い」

千絵が荒い息をしながら、ふらふらとおれに倒れ掛かって来た。慌てて抱き止めると、熱い体で何度か、えずいた。熱中症かもしれない。取りあえず、どこか日陰に連れて行かなくてはと思い、おれは千絵をおぶって広場に入って行った。

空《あ》いている木陰のベンチを目指して歩いていたら、患者といた看護師らしい人が走って来た。彼は、おれの背中から千絵を引き取り、手際良くベンチに寝かせて様子を見た。

「水分を取って、しばらく休めば大丈夫だと思うけど、ここは暑いから待ち合い室に連れてくよ。きみは、お兄さん？」

「はい」

「一緒に来た大人の人は？」

「……いません」

看護師さんは、おれを訝し気にながめていたが、何も言わずに、千絵を抱き上げて歩き出した。おれは、怪しい侵入者と勘違いされないように出来る限り胸を張って、後に続いた。堂々としていれば義母に会えるかもしれないというかすかな期待もあった。

冷房の利いた屋内に入り、言われた通りに首筋を冷やし、自動販売機でジュースを買って飲ませていたら、ほどなくして千絵は元気を取り戻した。連れて来てくれた看護師さんが良かった良かったと笑顔を見せてくれたので、おれは、図に乗って入院中の母親に会わせてくれと頼んだ。すると、彼は受付に行き、何やら話し込んでいたが、やがて戻って来て、すまなそうな顔で、それが無理であるのを伝えた。やはり、コンビニエンスストアで会った田辺さんの言う通りだった。

おれは、千絵を連れて、今度は正門から堂々と出た。駅までの道のりを歩きながら、病院を立ち去る時の看護師さんの過剰な励ましの言葉の数々を思い出した。きっと、さまざまな事情を抱えた不幸な子供たちに見えたのだろう。お父さんは？　いるの？　そう尋ねていたっけ。こちらに聞こえて来た受付の人とのやり取りも思い出した。

え？　救急なんだ⁉　と言っていた。電車賃はあるのか、と心配そうに確認していたけれど、もしも、ないと答えたら、おれと千絵は警察に保護されちゃったりしたんだろうか。

千絵を背中におぶいながら、あれこれと思い出して涙が出て来た。そんな年齢《とし》でもない彼女の、おんぶして、という要求を断らずに言う通りにしてやったのは、泣き顔を見られたくなかったからだ。

惨めだ、と思った。

ぼくは、あんなに惨めでいとおしい人間を見たことはない、と父は言った。結局、おれは、その人に会うことは叶わなかったけれども、何のことはない、おれ自身がそうなっていたんだ。いとおしいというのは、精一杯、おれがおれをねぎらうための言葉だ。まさか、自分に使うことがあるとは思いもしなかった。

陽《ひ》ざしの強さが、歩道に落ちるおれたちの影を濃くしている。妹をおぶっているから二人分の影だ。大きくて変な形をしている。それでも、かつて、ママの大事大事と呼ばれたことがある。おれは、そういう思い出も持っている。

(5)

「創ちゃんのお誕生日、何作ろうか。張り切って御馳走を作るよ、私」

真知子のその言葉で、もうじき自分の誕生日だと気付いた。おれ自身は、その日をすっかり忘れていたりするのだが、毎年、誰かが思い出させてくれる。それは、何故だか解らないが、必ず、男ではなく女だ。真澄や千絵の場合もあり、女友達のこともある。そして、付き合っている女がいる時には絶対にその彼女が教えてくれて、おれは、一年に一度、ちゃんと自覚を持ちながら年齢《とし》を取る。

我家では、澄生が死んで以来、誕生会を開くことはなくなった。誕生日だけでなく、家族そろって何かをするのを止《や》めたのだった。口に出すことはなかったが、永遠に全員がそろわなくなった澄川家だから、と誰もが思っていたのだろう。その代わり個人的に、祝いの言葉をかけ合ったり、小さな贈り物やカードを渡したりするようになった。つまり、めでたさのアピールは控え目に、という共通認識を持ったのだ。そこには、やはり義母への配慮があった。そして、彼女も、それをすんなり受け入れていた。

そんなふうだったから、やる気満々でおれの誕生日を迎えようとする真知子の様子を見て、呆気に取られてしまったのだった。

「だってー、年《ねん》にいっぺん、また年《とし》取れましたって、神様に感謝する日じゃないの。私は、するよ。創ちゃんを、今年もまた無事に生かしてくれてありがとうって！」

「自分の誕生日にもそう思う訳？」

「そうだよ」

「そんなに年取っても、まだ、誕生日が嬉しいんだ？」

「いくつになっても誕生日が嬉しい人でいるつもりだよ、私は」

おれの皮肉が癇に障ったのか、真知子は、唇を尖《とが》らせて、ぷいと横を向いた。若い女が拗ねるのとは違って可愛らしさはないが、平気で見くびれるユーモラスな感じが漂い、おれは楽しくなる。

「その口、土瓶《どびん》の口とかみたい」

おれの言葉に真知子は噴き出した。

「じゃ、お茶淹《い》れてやるから、飲め飲め！」

そう言って真知子は、おれに突進して口付けた。その弾みで二人共畳の上に転がり、いつのまにか、こちらが主導権を握らされたような形で、彼女に覆いかぶさっている。

おれがいつも両手ではさみたくなる真知子の顔は、鞠《まり》のようにまん丸で、ぱんぱんに張っている。そこには年相応の皺《しわ》が少しも見受けられず、さらさらとした真っすぐな短い髪と相まって、彼女を童女のように見せている。一見、年齢不詳のようにも思えるが、それでも、たっぷりと付いた肉が体のあちこちで余計な線を引き、もう若くはないんだなあ、と感じずにはいられない。

「ああ、いいなあ」

おれの肘《ひじ》が支える腕の額縁の中で、真知子が溜息をつきながら言う。

「私、創ちゃんといると、本当に人生に楽しませてもらってるような気がするよ」

おれが前に話した曾祖母《そうそぼ》の言葉を覚えていて、何かにつけて使う。澄川家に伝わる一種のホラー話のようなつもりで、つい口にしたのだったが。

ずい分前、あれは、まだ真澄が高校を卒業する前のことだったが、母の入院や切り詰めなくてはならない生活費のことなどで追い詰められていたのだろう。まだ人の手を必要とするおれと千絵の面倒を見なくてはならないことも、余裕を奪っていたに違いない。何か、ふとしたきっかけで激怒した彼女が、壁に掛けられた曾祖母の言葉の入った額を、いきなり外して床に叩き付けた、という事件があった。

おれと千絵は、ガラスの割れる音に驚いてしまい、言葉を失ったまま呆然《ぼうぜん》としていた。

「こんなもの……こんなもの」

真澄は、そう呟きながら、しゃくり上げていた。そして、床に落ちた額を踏み付けようとした瞬間、いつのまにか帰宅していた父が駆け寄って、彼女の腕をつかんで引き寄せ抱きすくめた。

「……足切ったらどうするんだよ、まったく」

父の腕を振り解《ほど》くと思われたのに、真澄は、そのまま体を預けた。

「マコパパー」

湿った声で自分を呼び、胸に顔を埋《うず》める義理の娘を、父は、しっかりと抱いた。

「私、もう、いっぱいいっぱいだよお」

抱き締める腕の力強さとは裏腹に、父の手は、静かに優しく動き、真澄の髪を労《いたわ》るかのように指で梳《す》いた。そして、ごめんな、ありがとな、とこちらも涙混じりの声で言い続けるのだった。

おれは、その様子をながめていて、納得の行かない思いが湧き上がるのを感じた。父と真澄が、いつのまにか信頼関係を結んでいたのを悟ったのだ。

でも、いったい、何故？　二人だって、血なんてつながっちゃいないのに。

自分自身に言い聞かせて、それまで諦めて来た、いくつもの事柄が思い出される。と、同時に、それらに関するすべてが無駄であったような気持に襲われた。

血のつながりと同じように力強いつながりって、もしかしたら、自分たち次第で作れるんじゃないのか。

おれの内に、これまでの自分の努力に対する徒労感と、これからの自分の未来への希望が同時に湧いて来た。

父と真澄の許《もと》に、おれは駆け寄り、床に散らばったガラスの欠片《かけら》を拾い上げた。千絵を呼ぶと、彼女も同じようにして、片付けを手伝い始めた。

「あー、危ないから！　きみたちは、あっち行く！」

そう父に言われても、おれは止《や》めなかった。目に付くガラスを全部拾った後、額を手にして同じ場所に掛けるべく、背伸びをした。苦笑しながら手を添えて額を元に戻した父が、真澄に言った。

「いつ、ぶん投げても良いように、これからは、ずっとガラスなしだ」

ばつが悪そうに笑いながら頷いた真澄は、血なんかつながっていないのに、おれよりも千絵よりも、父と本物の親子に見えた。その時、そこには、協力し合うために必要な何かが凝縮されているような気がして、おれは、突然、嬉しくてたまらなくなった。変な言い方だが、真澄に、父を思う存分使いこなして欲しいと心から願ったのだ。彼女にもその権利がある！

「でも、お父さんを中心に生まれた家族的なものは、お母さんには使えなかったんでしょ？」

おれの話を聞きながら、真知子は不服気な表情を浮かべて、そう言う。どのように言葉を尽くしたら澄川の家を解ってもらえるのか、と考えて口を開くのだが、あまり成功はしていないようだ。

「私、創ちゃんのお母さん、あんまり好きじゃない」

「そんなこと言うなよ」

「だって、創ちゃんのこと、何度も何度もぺしゃんこにしてるじゃない。私には、創ちゃんが、お母さんのサンドバッグみたいに思える」

「サンドバッグ⁉」

どこから来た発想なんだ。よりによって、義母に一番似合わないものを持ち出して来るとは。おれは、義母と真知子が同年代である事実を思う。それなのに、二人が、あまりにもかけ離れた種類の女として今を生きていることに、改めて驚いてしまう。

「息子が死んだのは確かに不幸だけど、そういう目に遭ってる人なんて、いっぱいいるよ。どってことない」

「そういう言い方、ないだろ？」

苛立ちの苗が心の内に植え付けられるのを感じる。真知子が、おれの味方の立場で物を言ってくれているのは解るが、義母を知りもしないくせに、軽々しく彼女について語って欲しくない。

「真知ちゃんは、ママと澄生さんの結び付きを知らないから、そんなふうに言えるのかもしれないけど……」

「そりゃ、知らないよ！」

怒気を含んだ声で遮られた。

「でも、知らないからなんだって言うの⁉　息子が死んだっていう事実には変わりはないじゃん。私には、それしか解んないよ。他人様《ひとさま》の死んだ息子が、どれほど大切だったかなんて、私には関係ないんだよ。私が気にするのは、大事にされて来なかった生きている方の息子が、私の好きな男だってことだけなんだから！」

「おれだって、それなりに大事にされて来たよ」

と、言った途端に次の言葉を失った。それなりにって、いったい何だ。そこに甘んじたままでいたくなくて、自分は、これまでもがいて来たのではなかったか。

創ちゃんはママの？

大事大事！

「結局、創ちゃんのお母さんは、自分のことしか愛してないんだよ。澄生さんて人だって自分の一部と思ってる。骨一本抜かれて今でも痛がってるのとおんなじ。みんなが手当てをしてやろうとしてるのに、それを受け付けないで気を引こうとしてる」

そこまで一息に言うと、真知子は下を向いた。そして、深く息を吐いた後、でも、と小さな声で続けた。

「みんなに手当してもらえるなんて幸せじゃないか。自分でやんなきゃいけない人もいるし、自然治癒を待ち続けなきゃならない人だっているのよ」

おれは立ち上がった。いつも、ここに来るのは、下世話で楽しいひとときを過ごすためだった。それなのに、今、いくつものままならない人生にのし掛かられて、やり切れない気持になっている。その中のひとつ、具体的なことを何も知らない真知子の亡き夫のそれが、どうにも重く、おれを息苦しくさせる。少なくとも、彼は、楽しませてくれてありがとう、と人生に礼を言ったりはしない種類の最期を迎えたことだろう。

帰るよ、と言って、外に出た。真知子は黙ったまま、背中を丸めて部屋の隅に座り込んでいた。もう会うことはないかもしれない、と思った。

誕生日は、松尾が幹事になり大学時代の友人に声をかけ、プレゼント代わりに合コンをセッティングしてくれた。人脈を駆使していい女を集めた、と自慢するだけあって、美形ぞろいで、しかも感じの良い子たちばかりが並んだ。皆、ふわふわとしたお菓子のように甘い雰囲気を漂わせている。そういう装いのために気合いを入れることを女子力と呼ぶそうだ。ここのところ、空いた時間をずっと真知子と過ごしていたおれには、ぴんと来ない言葉だ。

会は、おおいに盛り上がり、皆、酒が良い具合に回って御機嫌だった。誕生日を迎えた主役であるおれは、何度も肴《さかな》にされ、あまり喜ばしくない昔の失敗談などで話題を提供しなくてはならなかった。そんな流れで、誰かがおもしろおかしく言ったのだった。

「こいつ、こないだまで、すげえ年上の未亡人と付き合ってたらしいよ」

うっそー、という歓声の後に、ひとりの女の子が言った。

「マザコン？」

その瞬間、急激に酔いは覚め、おれは、トイレに行くと言って席を立った。

ここは、この日、この時、おれがいるべき場所なのか。いても立ってもいられない気分に襲われた。こんなことをしている場合ではない、と思った。松尾を呼び、急に具合が悪くなったから、と謝って外に出た。誰もが飲み過ぎていたので、気にも留められずにすんだ。

タクシーで向かったのは、もちろん、真知子の所だった。なんという阿呆《あほう》なのだ。

誕生日を過ごすのなんて、あの部屋以外あり得ないじゃないか、と自分をなじった。マザコンかって? 違う。断じて違うということを、今、これから証明しに行く。

出迎えた真知子は、何事もなかったかのように、あら創ちゃん、と言って、おれを中に促した。もう、用意出来てるよ、と言われて、見ると、テーブル代わりの座卓の上に、何種類もの料理の皿が載っている。時計を見ると、十一時四十分。間に合った。ケーキには既に蠟燭《ろうそく》まで差してある。太いのが二本に細いのが六本。

「料理の仕上げするから、もう少し待ってて」

拍子抜けした思いで、台所の流しの前で何やら刻んでいる真知子の後ろ姿をながめながら、缶ビールを飲んだ。さっきまで別の場所で酔っていたなんて嘘のような気がする。

おれは、ふと思いついて、真知子に尋ねた。

「なんで亡くなっただんなさんとの間に子供出来なかったの?」

真知子の手許がぴたりと止まり、しかし、すぐまた包丁の音が鳴る。

「出来たよー、二回。でも、だんなの具合悪くて、二回共、堕《お》ろしちゃった」

「……ごめん」

「いいの、どってことない」

そう言った後も、真知子は、規則正しく包丁の音に合わせて歌うように、どってことない、どってことない、とくり返すのを止《や》めない。

丸まった背中に、きつい下着が段を作っている。そして、汗染みが、その線をぼかしている。それを目にした途端、訳の解らない熱い塊がこみ上げて来て、おれは、真知子に駆け寄り、背後から抱き締めた。

「真知ちゃん、おれ、昔、わいわい族だったんだ」

何それ、と言って、真知子は身をよじる。おれは、彼女の抵抗をものともせずに、羽交締めにして耳許で教えてやる。

それでね、真知ちゃんは、ずっとずっと、どってことない族だったんだ。

第三章「あたし」

(1)

あたしには、死んで欲しいと願う人が、常時、三人いる。選ばれしメンバーはたびたび入れ替わるので、たいして深刻じゃないんだな、と我ながら呆《あき》れる。でも、その時は強く思うのだ。あの人が、この世から消えてくれたら本当に嬉しい、と。

もちろん、だからと言って殺したいって訳じゃない。ただ、いなくなって欲しいだけなのだ。あたしの上の兄の澄生《すみお》が雷に打たれて突然いなくなるようなことが起きるのだったら、むしろ、こういう人たちの方がそんな目に遭うべきではないか。そう不服を唱えたくなる三人を選んで、あたしは秘密のリストに載せる。で、その内の誰かが願い通りに消えてくれたことがあるのかって？　あるのだ、これが。

あたしは、澄川《すみかわ》家という、かつて裕福で、そして温かい愛情に満ち溢《あふ》れた家族の末娘として多大な祝福を受けて誕生した、みたいだ。みたいだ、というのは、あたしが、〈裕福で温かい〉澄川家を知らないからだが、〈愛情に満ち溢れた〉というのは、ちゃんと実感している。だって、今でもそうだもの。それを家族の中で感じるたびに、あたしは、これまで学んで来たことを確認する。満ち溢れた愛情は、人の幸せのために必ずしも正しく作用する訳ではないという、そのことを。我家は、満ち溢れた愛情の取り扱いに苦心する人々の集まりなのだ。

この家の運命が大きく変わったのは、長男の澄生の死がきっかけだった、とは家族の誰もが口にすることだが、その時のあたしは、まだ五歳。最初の記憶がそのあたりから始まっているので、きっかけも何も、あたしは、変わった澄川家しか馴染《なじ》みがないのだ。

ただ、おぼろげながらではあるが澄生のことは覚えている、とはっきり言える。父よりも、はるかに若い男の人の腕に何度も抱かれながら、あたしは、確かに笑ったり泣いたりした。そのまま眠りに引き込まれる際の心地良さも体に残っている。草の匂いがした筈《はず》だ、とあたしは思い出したりするけれども、もしかしたら、庭で遊んでもらった時の芝生の匂いと混同しているのかもしれない。

澄川澄生は、誰もが憎からず思う少年だったという話を、今でもよく耳にするが、あたしが中等部に進んだ頃まではそんなもんじゃなかった。澄川という名字を聞いただけで、教師たちはざわめいた。そして、皆、口々に、自分の心にいまだ棲《す》んでいる澄生について語る。生きている時の彼に会ったこともない筈の上級生が、あたしの顔を見に来た時には驚いた。語り継がれている伝説上の人物のように扱われていた、あたしの兄。早死にの威力はすごいな、と言ったら、もうひとりの兄である創太《そうた》に怒られた。こちらは、どんなに早く死んでも、伝説にはなりそうもない。

十七歳で命を落とすなんて、お兄さんは、さぞかし無念だったでしょうね、とあたしに言った人がいた。そうだろうか。もしも闘病期間のようなものを経て死ぬのだったら、そこに至るまで、かなりの焦燥感を味わうのかもしれない。けれど、澄生みたいな死に方では、そんなこと感じる間もなかっただろう。無念さに心を痛めつけられたのは、むしろ残された人々だ。あたしを除いた家族四人は、まだどこかしらを痛ませたままにしている。マコパパも真澄《ますみ》姉ちゃんも創兄ちゃんも。ママに至っては、いまだに体じゅうが痛くてたまらないみたいだ。いったい、どんな大怪我《おおけが》を負わせたんだよ、澄生兄ちゃんは!

澄生が死ぬ前の母は、まるで女神様のようだったんだよ、と父が言った。この人は時々、芝居がかった物言いをするので、話半分として聞いていたのだが、創太が女神なんかじゃなくっていいよ、と真面目な顔をして呟《つぶや》いたので、かえって真実に近いのだと感じた。

女神様か。そんなのに似た人が家の中にいたら、どれほど面倒臭いことだろう、と思った。でも、幸か不幸か、あたしの知る母は、ただの病人だ。しかも物心が付いてから、ずっと病人だから、こんなものかとあらかじめ色々なことを諦めている。澄生に関する記憶は少ないとは言え残っているというのに、健康だった頃の彼女を思い出すのは難しい。彼女が引き起した重苦しいエピソードの数々が、素敵なママというイメージを少しずつ押しつぶして行ったのかもしれない。今では、女神様のほんの小さな欠片《かけら》すら、あたしには残っていない。でも過去にはあったんだ、と思うことにしている。小さなあたしの中には、女神様がたらした温かくて甘いエッセンスが、いっぱいいっぱいあったんだ、と。

結局、面会は出来なかったのだけれど、母が最初に入院した時、創太に連れられて病院まで訪ねて行ったのを覚えている。あまりの暑さのために、ぐずり放題になったあたしは、仕舞には彼に自分をおぶわせて楽をした。あの時、彼の首に後ろから回したあたしの手に、ぽつりぽつりと水滴のようなものが落ちた。

「創兄ちゃん、雨降って来たみたいだよ、もっと早く早く」

あたしのその言葉に、創太は駅まで小走りになった。途中、もう背負うには重いあたしのせいで何度かよろけたけれども、駅の切符売り場まで運び切った。

そこで下ろされたあたしは、今度は、彼の手をしっかりと握った。切符を買うから、ちょっと離して、と彼が言うのに、握る手に力を込めた。恐かったのだ。その瞬間、唐突に、あの水滴が雨粒などではなく彼の涙だったことに思い当たったのだった。兄という立場にいる人を泣かせてしまうほどの事態。子供心にそれを察知して底知れない恐怖を覚えたのだった。

それまで、周囲にいる人々は、無条件であたしを守ってくれるものだと信じて疑わなかった。あの母だって、具合の良い時は、あたしを寄り掛からせてくれた。いくら病気だとは言え、さすがに大人は違う、と心強く思うこともたびたびあった。だのに、あたしよりもずっと強い筈だと、何の疑いも抱いていなかった創太が泣いていたのだ。駅の券売機に苦もなく手が届くほどに成長していたというのに。

ママに会えなかったから泣いたの？

信じられない思いだった。年上であったりとか、体が大きくて頑丈そうであったりするのは、強さ弱さと関係がないのだと知った。男である、女であるという違いにも。

こうしちゃいられない、とあたしは幼ない頭で考えた。自分の身を守るのは自分しかいないのだ。そして、強そうに見える人を、時には、あたしの方が守ってやらなくてはならないのだ。

そんなこちらの決意を知る由もなく、創太は不安気に路線図を見上げていた。急行は止まらないんだよね、などとぶつぶつ自分に言い聞かせている。あたしを下ろす際に慌てて拭《ぬぐ》ったのか、乾いた涙と鼻水の跡が耳の方まで伸びている。ああ、汚ない、とあたしは思い、後ろ手で指を組み合わせて、心の中で「えんがちょ」と呟く。遠出するなら大人と一緒でなきゃ駄目だ、とあたしは溜息《ためいき》をついた。創兄ちゃんと一緒だと、どんどん恥ずかしい気持になって行く、と下を向いたまま、気温のせいではなく改めて頬を熱くした自分を、はっきりと思い出す。ほてっているのに冷たい汗をかいていた。

もう十五年近くも昔のことだ。それなのに、あの小さな兄と妹は心の中にひょいと現われて、あたしを動揺させる。本当に、あそこにいたのは、自分と創太だったのだろうか。都内の筈なのに、どこか、さいはての地のような気がする。こんな所まで来たこと、忘れないでいてくれる？　とちびの二人に懇願されている感じ。あたしの内には、過去の色んなあたしがいまだに生きていて、事あるごとに何かを教えようとしている。たとえば、澄生の死を境にして形を変えた澄川家の有様などを。

ひとつの家族を構成し直す際に、どのような感情が交錯していたのか。薄れた記憶は、あたし自身によって補足される。

真澄が大学進学を止《や》めると宣言してから、澱《よど》んだ沼のように滞っていた澄川家の空気が動き始めた。彼女の決意によって風穴を開けられたようになり、家の向こうの新鮮な外気の存在に、母以外の誰もが気付いたのだった。

住んでいる家を維持するためという名目ではあったが、たぶん、真澄自身が何かを変えなくてはと思い続けて来たのだろう。誰かが一歩違う方向に踏み出さなくては、この家族は駄目になる、と直感したのかもしれない。

真澄に続いて、創太も進路を変えた。これまで通って来た私立の一貫校から出るために、外の高校を受験することになったのだ。結果的に、このことはとても良かったと思う。彼は、都立の高校で気の合う仲間に恵まれ、皆、都内の大学を卒業して就職し、今に至るまで楽しい付き合いを続けている。そして、その内のひとりは、あたしの恋人になった。

　上の二人が金持学校からコースアウトして、さあ、きみはどうするの？　と父があたしに無言で問いかけるのが解った。そのたびに知らない振りを決め込んでいたら、真澄の方が先に業《ごう》を煮やして尋ねた。

「この家の経済を預かる身としては、一応言っておきたいのね。うちには、はっきり言って、あの坊っちゃん嬢ちゃん学校に通わせる余裕はありません。ほら、あそこ、バイト禁止だしさ」

「まさか、あたしに高校受験とかさせないよね」

「なんなら、今から公立に転校したっていいんだよ」

　まるで、すっかり澄川家から自立したような真澄の言い方に、むっとして返した。

「あたし、あそこ止《や》めて自分の価値下げたくないんだよね」

「あんた……何言ってんの？」

　真澄の顔色が変わったのが解ったが無視した。そのまま自分の部屋に戻ろうとしたら背後から彼女の怒鳴り声が追いかけて来た。うちがどんな状況だか解ってるの⁉　だって。当り前だ。

翌日、あたしは、家族全員の前で、すぐに転校する気はないこと、高校受験も出来ればしたくないことを告げた。ただし、大学はなるべく負担をかけない形で働きながら通うつもりだと付け加えた。

真澄は断固として反対し、父と創太は困ったように顔を見合わせていた。一向に埒《らち》が明かないと思われた話の流れを断ち切ったのは、意外なことに母だった。

「あの学校は、ママのうちが代々お世話になって来たのよ」

「だから？」

真澄が腹立たし気に聞き返した。

「行かせてあげましょうよ。千絵《ちえ》ちゃんが、そんなにも行きたがってるのなら。このおうちに住み続けるのが、そんなに大変なら、ママ、別なとこに移ってもいいし」

全員が飛び上がらんばかりになった。お願いだから、そんなことを考えないでくれ、と声にならない悲鳴が一斉に発せられたかのようだった。

母は、調子の良い時に、たまに、この種の気まぐれを起すことがあった。ママも、そろそろ働きに出てみようかしらとか、今日から澄《すみ》ちゃんのお部屋の片付けを始めるとか。真に受けてしまったら大変だ。こちらをそのつもりにさせてしまった後で思うように出来なかったりすると、今度は、言ったことに責任を取れない自分自身が嫌になってしまい、立ち上がれなくなる。そして、どうしても立ち上がらなくてはと思う時に手を伸ばすものは……いつも通り。彼女を酒に逃げるような場面に置かないために、この家では、誰もが細心の注意を払っているのだ。

「大丈夫！　ぼくがなんとかしよう」

そう言って、父が自分の胸を叩いた。

「なんとかって？」

真澄が訝《いぶか》しそうな視線を父に送る。

「千絵ちゃんひとりくらいなんとかなるよ」

まったく、知らないからね！　と言って、真澄は、自分の怒りを知らしめるように乱暴な足音を立てて、その場を離れた。彼女は、ずい分と長い間、この家のさまざまな面倒を引き受けさせられて来た。その苦労は一番小さいあたしにも理解出来たし、母親代わりみたいに世話をしてくれたことには感謝している。けれど、だからと言って、家族内のすべての取り決めの権利を自分が持っているかのように振舞うのはどうかと思う。

「マコちゃん、本当になんとかしてあげられる？　私、千絵ちゃん、やっぱり、あの学校が合ってると思うの。私たちの娘くらい、あそこに残ってもらわなきゃ」

　あたしは、創太にちらりと目をやったが、彼の表情は変わらないままで、何を考えているかは解らない。

　私たちの娘か。あたしは、この家で「私たちの」という所有格の付く、たったひとりの子供だ。血のつながりという観点から見れば、それは、まったく正しいのだが、母が無意識に口にするその言葉は、真澄や創太、そして、たぶん澄生をも傷付けて来たに違いない。だって、言われるあたし自身が、少しだけ悲しくなってしまうのだもの。

　生まれた時から「私たちの子供」だったあたしは、その呼び名が祝福のために使われた時期を知らない。そう呼ばれる時はいつでも、家族が危機を迎えている。大きくなるにつれて、そのことに気付いた。あたしは、自分が、まるで皆をつなぎ止めるために生まれたような気がしている。澄川家が散り散りにならないための接着剤の役目。それがあたしだ。

(2)

二十歳《はたち》の誕生日に何が欲しいかと尋ねられたので、一所懸命考えてはみたものの全然頭に思い浮かばないので、欲しいものないみたい、と言ったら、武郎《たけお》に呆れられた。そのくらいの年齢《とし》の女の子って欲しいものだらけなんだと思ってた、と彼は言うけれども、そのくらいの年齢って⁉　ひとまとめにしてもらいたくないもんだ、と苛々《いらいら》する。だって、あたしは、特別、なんだもの。

何故、そんなふうに驕《おご》り昂《たかぶ》っているかというと、目の前にいるこの人、津野《つの》武郎に愛されているからだ。彼といると、自分が必要とされている実感で打ち震える。それが、たいして重要でない理由から必要とされているのが、また、良い。

ひとりで飯食うのつまんないから、とか、コンサートチケットが一枚余ってしまったから、とか、ゲームの対戦相手が欲しいから、などなど。あたしは、こういう他愛のないことで求められるのを愛と呼びたい。

武郎は、創太の高校の時の同級生だった。二人は別々の大学に入ったが、今に至るまで交友関係は続いている。あたしが出会ったのは、高等部に進んでまもなくの頃だ。創太に付いて行った、彼の大学の学園祭で紹介された。あー、どもども、と言って右手を差し出した時の軽くて飄々《ひょうひょう》とした感じが、あたしの気に入った。だから彼氏に選んだ、と言ったら、後で大笑いされた。彼の方だってあたしを選んだと言って譲ろうとしない。

ねえ、千絵ぞう。彼は、即座に自分だけの呼び名をこしらえて言った。男と女が付き合うようになる時って、互いに選び合っているんだよ。ふうん、と納得したように聞いたけれども、あたしには、こちらの選んだ速度が少しばかり速かったような気がしてならない。

あたしは、中等部の頃から受けていた苛《いじ》めから逃げ出すようにして、武郎との付き合いに飛び込んだ。すると不思議なことに、しばらくして、あたしへの嫌がらせの回数は少しずつ減り、その内、何事もなかったかのように平和な凪《なぎ》のような日々が訪れたのだった。いったい、それまでのあたしへの負の関心は、何だったのか。

たぶん、年上の男と親密になっている時に滲《にじ》むものが、あたしのまわりにバリアーのように張られたのかもしれない。ちゃちな小娘たちの意地悪など、いとも簡単にはね返してしまったのだろう。ざまあみろ、あたしは、もう、あんたたちと同じレベルにはいない。

よく、くだらない連中に何か不快な目に遭わされても怒ってはいけない、同じレベルになってしまうから、と言う人がいる。あたしは、むしろ、怒らなければ同じレベルになってしまうと考える。だから、怒りの火は消さない。あそこのグループの真ん中にいるあの女、死んで良し。

あたしに対する苛めが始まったのは澄生のせいだ。え？　あの亡くなった澄川くんの妹さんなの？　という教師たちの、あたしにとっても周囲の子供たちにとっても聞きなれた問いかけが、中学に入るあたりからそうではなくなって来たのだった。

それまで、あたしの兄の名前でしかなかったものが、育ち始めた数多くの自意識によって、特別なものに祀《まつ》り上げられた。そして、偶然とは言え、その恩恵に与《あずか》って良い目を見ているあたしは許しがたい、ということになった。

教師たちによるあたしへの懐しい目つきを許しがたいものとしたのは、一種の発明だと思う。苛める者たちの中には、必ずひとりその種の発明者がいるものだ。すると、他の人々は、たちまち賛同する。あたしが兄の威光でひいきされ、それを良いことに上手《うま》く立ち回っている、と認定されるまでにさほど時間はかからなかった。

真澄と創太に、二人がこの学校にいた時のことを尋ねてみたが、首を傾《かし》げる。在校生の間で、たまに諍《いさか》いがあったようなことは耳にしたが、本当かどうかは知らないと言う。苛めについても同様だった。

「あ、でも、おれたちは、澄生さんのきょうだいだっていうのがあって、特別扱いされてたから、見えなかったのかも」

長兄を澄生お兄ちゃんと呼んでいた創太は、まったく別世界である都立高校に進んでから、澄生さんと呼ぶようになった。その他人行儀な感じは冷たくて気に入らない、と母にたしなめられているのを見たことがある。以来、母の前でだけは昔と同じように呼んでいる。創太の身の丈には、もう合わなくなった呼び名なのに、彼女だけが気付いていないのだ。

「澄生が死んでも、あの学校のあちこちに、あいつ、いたもんね。そして、私たちを守ってくれた。澄生の存在感のおかげで、私や創太の学校生活はスムーズだったのよ。それは死んだ後も続いていたよね」

そう言って、真澄は、しばらくの間、追想を楽しむかのように微笑を浮かべていたが、ふと我に返ったらしく、あたしを見た。

「で、それって、まだ続いてるの？」

「それって？」

あたしは、どぎまぎしながら聞き返した。

「千絵ちゃんなんかの代になっても、澄生の影響下にあるのかってこと」

「……うん、先生とかには、色々言われるよ」

「へえ？　で、まわりのお友達とかは？」

「なんか、偉人みたいな感じで知ってる」

創太がぎょっとしたように目を剝《む》いた。真澄は、横を向いて噴き出している。

「さすが、澄生」

真澄のその言葉に、あたしも同意する。でも、この姉とは、まったく違う心持ちで、だ。澄生をさすがだと感じるのは、死人のくせして、あたしの死んで欲しい三人のリストの中に、時々、エントリーして来ること。もう死んでいるのに、さらに死んで欲しい時がある。

成人したから大人かと言うと、それは必ずしも正しくないとは思う。あたしの場合は、二十歳を迎える前に、もう大人になっていたと自負する。その大人の頭で考えるに、苛めというのは、いちじるしい想像力の欠如ではないか。中学時代の記憶をなぞり、ニュースなどで知った今現在の状況と比べてみるだに、やっぱりね、と確信する。これは、他人の気持になって考えてみなさい、と言う人が強要する想像力とは、まったく次元の違うもの。

苛めっ子って、本当に貧困なアイディアしか持ってないってことを、あたしは言いたいのだ。昔も今も、そのやり方は、ううん、やり口って言った方が、それに相応《ふさわ》しく浅ましく響くから、そう言うけど、そのやり口の代わり映えのしないことったら、ない。様式美のつもりか。まったく芸のない、人への傷付け方が、脈々と受け継がれている。

最初は、無視されることから始まったが、ただの無視じゃない。無視しているというのを、あたしに気付かせるために、かまいながらそうするのだ。わざとこちらに近い位置にいて、皆で仲良くして見せる。そして、あたしだけがはじき出されているのを知らせようと、あらゆる手段を使うのだ。

それに成功すると、今度は、口で攻撃して来る。そして、その次は、ちょっとした暴力。次第に歯止めが利かなくなって、エスカレートの一途を辿《たど》る。

そして、悲惨な結末を……と行きそうなものだが、あたしたちの学校はひ弱でお上品な人たちの集まりだから、そうならないのだ。苛めっ子たちは、問題になる寸前で手加減するので、決して大事に至らない。その代わり、周囲に知られるような暴力沙汰によって区切りを付けられることもなく、ゆるやかに、かつ陰湿に、苛めは続く。

あたしを苛めの標的にする理由を発明したのは、少し前まで仲の良い友達と思われていた人だ。でも、そうでなかった。そもそも、中学時代の仲良しなんて、友達と呼べるものだろうか。学校生活を便利にするために一緒にいる。それだけの用途しかないのではないか。

真澄も創太も、無理にそんな人たちと行動する必要はなかった。生きている時間はもちろん、死んだ後さえ、澄生が二人を守ってやれた。

でも、あたしは？　澄生の有効期限はとうに切れているのに、彼と来たらまだ、そこに居座り続けている。あたしの学校生活は、いつのまにか効かなくなった薬を、それでも後生大事に取っておきたがる大人たちと、その薬をいんちきと感じる子供たちの間で、だいなしになろうとしていた。

澄生なんて、大嫌い。

何度、そう思ったことか。

澄生なんて、死んじゃえばいいのに。

もう、とうに、この世を去ってしまったのに、そうひとりごちて、リストに載せた。あたし、馬鹿みたい。

あの頃の気持を、武郎に話したことがあった。あたしたち、確か、ソファに並んで座り、一枚の毛布にくるまって映画のＤＶＤを観ていた。内容がハイスクール物だったから、何となくあれこれ思い出して話し始めてしまったのだが、彼は、画面を停止して耳を傾《かたむ》けてくれたのだった。

「死んだ人に、もう一度死ね、なんて、千絵ぞうは残酷なんだな」

「あの時は、子供だったんだよ」

「今だって、たいして変わんないだろ？　そんな昔の話じゃない」

あたしの髪の毛を乱暴に掻《か》き回しながらも、武郎の口調は、とても静かだ。

「その、死んで欲しい人のリスト、それに、おれ、載ったことある？」

「まさか⁉」

「その内、載ることあるかもよ？」

「有り得ないよ、そんなの！」

澄生があんなふうにいなくなるのなら、もっとそうなるべき人はいる。元々は、その理不尽な気持が昂《こう》じて思い付いたあのリストなのに、どうしたことか。

たとえば、この間、あたしは武郎と一緒に昼下がりのうどん屋に入った。ひなびた感じの店の造りと関西風の出汁《だし》の利いたつゆがいっぺんにあたしたちを常連にさせた気に入りの店だ。そこで満足しないで帰ったことは一度もない。

その日も、そうなる筈だった。武郎と向かい合って、おなかをぐうと鳴らしながら、うどんの到着を待っていた。けれども、その、満たされるのを約束された空腹故の楽しみは、あたしたちの向こうのテーブルに着いている年配の男性客によって奪われた。

武郎をはさんで、ちょうどあたしと向き合う形で座っているそのおやじが、うどん定食に箸を付けるたびに、派手な咳払《せきばら》いをするのである。それは、まるで絡んだ痰《たん》を切るような調子で、普通、人前では遠慮する類《たぐい》の不作法だろう。ましてや食べ物屋で、何度もくり返すなんてあってはならんことだ、とあたしは、不快感を最大限に込めて抗議の視線を武郎の肩越しに送った。

ところが、その男は、あたしと目が合ったにもかかわらず、一向に意に介さないで、ひと口食べて咳払い、ひと口食べて咳払い、と規則正しくくり返すのである。

あたしの視線の行方に気付いた武郎は、ちらりと背後を振り返って見て、肩をすくめた。そして、気にしないの、とあたしをなだめて笑う。

「さ、来たよ。旨《うま》そ! うどんに集中しよう」

それもそうだと思ったあたしは頷《うなず》いて割り箸を手にした。あたしたちは、一緒においしいものを食べる時間を大切にしていたから、本当なら、あんなおやじにかまっちゃいられないのだ。

それなのに。うるさいのである。今にもテーブルの上に痰を吐きそうな音が、止まりそうにもないのである。あたしが自分の前にある丼に必死に集中しようとしているのに、かーっ、という喉《のど》から発せられる音が、それを許さない。

それでも、あたしは必死に食べた。もう、うどんを啜《すす》っているのか何を啜っているのか解らなくなっていたが、目に涙を浮かべながら、必死に食べて、ごくごくとつゆを飲んだ。そして、ふと気付くと、男性客のテーブルは静けさを取り戻していた。

あたしは、ほっとしながらも、どうせなら、ここから、もう一度始めたいものだと残念がりながら、丼の中の残りをたいらげて顔を上げた。

そして見た衝撃の光景をあたしは一生忘れない。その男性客は、箸ではさんだ部分入れ歯を、湯呑みのお茶でざぶざぶと洗っていたのである。

あたしは、思わず目を閉じた。武郎が異変に気付いて問いかける。

「千絵ぞう、どした？　大丈夫？」

言えない、と思った。勘定！　という声と共に、その憎むべき客が店を出て行ったのが解り目を開けた。武郎が心配そうに、あたしの顔を覗《のぞ》き込んでいる。それは、あたしの好きな表情。でも、とっても、かわいそうに見える表情。あたしを哀しくさせる。

「なんでもないの、大丈夫」

そう取り繕ったけど、本当は、ちっとも大丈夫ではなく、心の中で激しい呪いの言葉を吐いていた。あの、おやじ。死ねばいい。絶対に、老衰以外の理由で死んで欲しい。いや、あいつ、マジですぐ死ぬ……っていうか、死ね！

本来、リストに載るべき人間は、ああいう輩《やから》。きっと、もう死んでるよね。そう思ってあたしの人生から抹殺する。

また、たとえば、こんな人のこともある。あれは、母が病院から出て来たばかりで、体力も気力も取り戻して、もう何度目になるのかは知らないけど、希望に満ちた再出発を決意した時。

毎度のことだが、あたしは、退院したばかりの母を見るにつけ、本当に美しい、と驚いてしまう。つい数ヶ月前は、世の中の不幸のすべてを背負っているような様子で、酒を飲み続けては前後不覚になって倒れていたのに、病院から許しを得て家に戻った途端、薔薇《ばら》色の頰《ほお》を持った少女の風情で夢を語るのだ。その時には、あれほど酒に逃げる理由だった澄生の名も口にしない。ママも、もう一度生まれ変わらなくっちゃ、が口癖になる。

そんな日々は、あまり長くは続かないが、だからこそ、日頃、何かしらの屈託を抱えている澄川家にとっては貴重で、それぞれが惜しむように大切に母との時を過ごす。あたしも、腐った気分を虫干しする気持。母が外出したいと言えば、喜んで同行する。

その時、あたしと母は、駅前の甘味処に向かっていた。いつだったか、母の入院中に、創太がそこで買った蜜柑《みかん》のゼリーを差し入れたことがあった。それは、丸ごとの蜜柑をくりぬき、そのままゼリーの器にしたもので、素朴で、たいそう良い香りがした。箱を開けた瞬間、母の瞳がたちまち生気を取り戻した。

「あーっ、創ちゃん、これ、どこで買ったの⁉　村上開新堂の好事福盧《こうずぶくろ》にそっくり！」

母の感嘆の声に、創太は照れた。

「マコパパが仕事で京都に行く時、ママ、いつも頼んでたでしょ？　大好きなんだなーって思って、いつも食べるの見てたから。そしたら、この間、駅の側《そば》で、おんなじようなの見つけたんだ。本物とは違うかもしれないけど……」

いいの、嬉しい……と、言って、母は、ゼリーをひと匙《さじ》すくって口に含んだ。そして、そのまま動かなくなったので、じっくりと味わっているのかとうかがったら、泣いていた。

「澄ちゃんも、これ、好きだった。でも、もう、食べらんないのね……」

あたしは、もう少しで怒鳴り付けるところだった。この人は、優しさを作り上げる苦労というものが何も解っていない。それは、本能で表現出来る優しさなどより、はるかに稀少なのに。

そう歯がみをしたい気分で横を見ると、少しも動じていない創太の顔が目に入る。何なの？　パンチドランクなんじゃないの？

あれは、創太がやっとのことでものにした防衛本能のなせる技よ、と真澄は言っていたけれども、あたしには、その意味、さっぱり解んない。

ともかく、母は、そんなふうだったから、澄生を甦《よみがえ》らせるやるせない味は、もうまっぴらなのだろうと思い込んでいた。だから、退院するやいなや、京都の好物にそっくりのあのゼリーを食べに行きたいと言った時は、意外に感じられた。

「おいしくて大好きなものを共有出来たことって、素敵な思い出だと考え直したの。あれ、いただいて、澄ちゃんが生き返ったような気分を楽しく味わいたいの」

突然、出来た人間になっている、と呆れながらも、あたしは急に心を軽くして、母と外出の支度を始める。彼女が本心から前向きな気持になっている、その短い時間を逃してはならない。

雪の降る寒い日だった。あたしが店まで行って、買って来るという手もあったが、母は外に食べに行きたいと言う。

「だって、この間のクリスマスにマコちゃんからもらった蛇《じゃ》の目《め》をさしてみたいのよう」

　そう言って、母は、和紙の張ってある時代がかった傘を自慢気に開いて見せた。内心、一緒に歩きたくない気もしたが、あたしは、おくびにも出さず、にこやかに彼女をせかした。

　雪の中、母は目立っていた。黒いカシミアのコートに中張り蛇の目傘という組み合わせは斬新過ぎて妙だったかもしれないが、あたしの目には、とてもお洒落《しゃれ》に映った。彼女も自分の思うように装って外に出られたのが誇らしかったのか、背筋をぴんと伸ばして颯爽《さっそう》と歩いた。その姿を見て、あたしは、彼女が取り戻したであろう気高さに涙しそうになった。皆の言う、昔のママって、こんなふうだったのかもしれない。

　母は、狭い歩道ですれ違う人のために、上手に傘を傾けて、その人を先に通してやっていた。すると、そうされた側も同じように傘を傾げながら会釈して通り過ぎて行く。なんか、いい感じ。これが噂に聞く、江戸仕草ってやつ？　そう言うと、彼女は得意気に微笑《ほほえ》んだ。その自信に満ちた表情。小さな頃から、あたしが見たいと切望して、それなのになかなか叶わなかったもの。どんなものよりも、ママにおねだりしたかった御褒美。

そう嬉しさを噛《か》み締めた時だった。派手なミニスカートを穿《は》いた女が、母とすれ違おうとした。その時のあたしよりも、いくつか年上の、いわゆるギャルと呼ばれる人種。ひじきみたいな付け睫毛《まつげ》で目を縁取った、あたしの苦手な化粧をしている。

女は、せかせかと歩いて来て、道を空《あ》けようとした母の脇を当然と言わんばかりに通り過ぎようとした。その瞬間、母の蛇の目傘を傾けるのが少し遅れて、女のビニール傘にぶつかり、地面に落ちて転がった。それを一瞥《いちべつ》して、女は吐き捨てるように言った。

「その古臭い傘、通行人の超邪魔だから」

何、その言い方！　あたしは、思わずかっとなって、女の後ろ姿に向かって叫んだが、彼女は、一向に意に介するふうもなく立ち去って行った。あたしは、しばらくの間、悔しさのあまり歯ぎしりをしていたが、ふと我に返って、慌てて母の様子をうかがった。

母は、地面の上の蛇の目傘を拾うこともなしに、うなだれたまま立ち尽くしていた。

激しくなって来た雪が、彼女の髪や肩に降り積って、その姿を道端に捨て置かれた彫像か何かのように見せていた。

「ママ」

呼んで駆け寄ると、母は、ゆっくりと顔を上げて、あたしを見た。もう、そこには、先程まで漂っていた気高さの欠片もなかった。瞳は怯《おび》えたような色をたたえていて、助けを求めているかに見える。

「ママ」

もう一度呼んで、腕をつかんで揺さぶると、唇を震わせながら、彼女は言った。

「やっぱり、ママ、他人様《ひとさま》の邪魔になっちゃうのね。迷惑をかけないでは何も出来ないのね」

それには応えずに、あたしは蛇の目傘を拾うためにかがんだ。そして、おばあさんみたいに腰を曲げたままになった。あたしの未来って、この不様《ぶざま》な姿勢を取ることの連続なのかもしれない、と思った。でも、なんでだよ！

あたしは、泣かない。泣く代わりに怒る人間になるのだ。世の中のくだらない連中と同じレベルにならないために、そうする。この寒いのに、太くて醜い素足をさらけ出して、どこにあるか解らない小さな目を黒いひじきで囲んだ無礼者なんか、リストに載せてやる。死ね死ね死ね！　こういう奴こそ、望まれて死ぬべきなのだ。あの、うどん屋にいたおやじと同類の地獄待ち。

もう、ゼリーなんか食べたくない、と言う母を連れて家に戻る道すがら思った。何故だろう、あの子は、とうにリストから外されていたのに、本当に死んじゃった。かつて、あたしを苛める理由を発明した、あの女の子。

(3)

千絵ちゃん、おめでと、と真澄から小さな包みを渡されたのは、二十歳の誕生日の朝だった。あたしの家では、家族そろって誕生会をする習慣はないけれども、それぞれのやり方で、小さく祝い合う。もうずい分前から、この家を離れて自活している真澄だけれど、あたしの誕生日の前の晩には必ずやって来て泊まって行く。そして、朝起きると、すぐにあたしにプレゼントを渡し、慌ただしく仕事に向かう。彼女は、自分で宣言した通り、父の力になって身を粉《こ》にして働いた。おかげで、彼の会社は、もう一度軌道に乗り始め、最近は、ずい分、ゆとりが持てるようになった。創太も就職して、生活費を入れるようになったし。あたしだって、大学に進んでバイトが許されるようになったから、一所懸命働いて、少しでも家の経済を助けたいと思っているのだ。馬鹿高い学費を払わせた身としては、極力、慎ましく殊勝にしているつもり。

真澄からのプレゼントは、指輪時計だった。アンティークらしい小さな時計が指輪に仕立てられている。右手の薬指にちょうど良いサイズだ。でも、繊細過ぎて、あたしには扱える自信がない。

「……すごく素敵……でも、ずい分高そうじゃない？」

「ロンジン　ウィットナーの南京虫時計を指輪に仕立てるという暴挙に出てみました。もう部品ないかもしれないから、大切にしてね」

あたしは、何故か、ぴんと来た。

「真澄姉ちゃん、これ、どこで手に入れたの？」

「それは、きみには関係ない」

そう言って、真澄は、父よりも早くオフィスに到着すべく家を出た。

あたしは、しばらくの間、時計をはめた指を朝日の中でながめた。そして、ママと真澄姉ちゃんの趣味は似ているな、と思う。性格は、まるで違うけど。

どこかヨーロッパ風の味付けがなされながらもアメリカンアンティークに囲まれたこの家は、二人のどちらにも良く似合う。まだ男と女の役割が、はっきりと区別されていた時代の家具や小物。真澄は、母よりは、うんと男まさりでしっかりしているように見えるけれど、やはり血のつながった母子だもの、どうしても似てしまう部分はある。それを言うと、母は喜び、真澄は嫌がる。人が似るのは血のつながりよりも生活習慣だというのが、あたしの姉の自論。同じ食べ物を体に取り入れて、同じ所に身を置いていると、魂が似て来るのだそうだ。

だからかな。真澄と創太が、TVドラマの同じ場面で涙を流すのは。あの二人は、遅れて来たあたしとよりも、ずっと沢山のものを共有して来たのだろう。あたしは、彼らのどちら共と血がつながっているから解る。血って、時々すごく濃くて、時々すごく薄い。

それにしても、この時計、妹への贈り物にしては高価過ぎるような気もする。成人した御祝いも兼ねている、と真澄は言っていたけれども、彼女に、そんな余裕はないのでは？

と、いうことは、だ、とあたしは自分の勘を働かせる。きっと、あの恋人とよりを戻したのに違いない。

その人は、昔、この家に住んでいたアメリカ人家族の息子だ。いったんアメリカに帰ったものの、今は日本に住み、父親の跡を継いで都心でアンティークの店をやっている。

思い出深い家を見せて欲しいと、ある日、我家を訪れ、あたしたちと交流が出来た。そして、いつのまにか真澄とそうなっていたという訳。それを知るあたしと創太は、絶対に両親には秘密にしている。何故なら手放しで応援出来ないから。

年齢《とし》は真澄よりもひと回り上だと言っていたが、そのくらいの差なんて許容範囲だろう。外国人だというのも今時障害にはならない。それに、なんたって、日本育ちだもの。この国の文化や習慣も理解している。では、問題は何かと言うと、それは、その男が既婚者だってこと。そして、妻は日本人。

「盗《と》っちゃいなよ」

あたしはそう言ったことがある。すると、真澄は、自分の前で手をぶんぶん振って否定する。

「奥さん、病気なんだよーっ、悪くて、そんなこと出来ないよーっ」

マコパパと同じ立場じゃん、と茶化すと、首を横に振って、さらに強く否定する。

「白血病なんだよーっ、ママのみたいに憎ったらしい病気じゃないんだよーっ」

言いたいことは何となく解る。しばらく前のことになるが、武郎と毛布にくるまって映画のDVDを観るひとときに選んだのが、「ある愛の詩」という古い作品だった。大金持の息子と貧乏人の娘の大学生同士が、身分の違いを乗り越えて結ばれるも、女の方が白血病で死んでしまうのだ。そして、残された男は、二人の思い出の場所で彼女の言葉を思い出す。愛とは決して後悔しないこと。

美しくて悲しくて、あたしは、この映画で泣く自分に酔って、武郎の胸の中で啜り上げた。物語が類型的だなんて少しも思わなかった。ところが、真澄の話を聞いて、こう呟いてしまったのである。え、なんか、ちょっと陳腐？

「ねえねえ、もし『ある愛の詩』の二人に第三者の女が割り込んだら、観客、相当嫌がるよね」

「……そうだよねえ」

あたしの言葉に、真澄は、がっくりと肩を落としていたっけ。

あれから何回か、その男とは別れたりくっ付いたりしていたようだ。あたしの誕生日の前夜、真澄が泊まって行く時は必ず、夜更けまで女同士の話に興じる。それは、彼女がひとり暮らしを始めた頃から、ずっと変わらない、一年に一度の習慣だ。その時だけは、あたしが中学生であっても、子供扱いせずに誠実に扱ってくれた。だから、あたしも、普段、実家で顔を合わせるたびに起きる小さな争いのことなど忘れて、その日は、親愛なる女友達にするように敬意を払うのだ。しかし、時には気を許し過ぎて、ずけずけとした物言いになってしまうこともある。

「あのアンティーク屋さんの彼氏出来てから、なんか、真澄姉ちゃん、埃《ほこり》っぽい匂いがするようになって来たよ。気を付けた方がいいかもよ」

「……それ、どういうこと⁉」

「だってさ、着けてるアクセサリー、高い物だっていうのは解るんだけど、なんか覇気がない」

「覇気⁉　アクセサリーに覇気がなくちゃいけないの？」

「つまり、若々しさってことだよ。真澄姉ちゃん、まだ二十代半ばじゃん。そういう火災現場で見つけたみたいな、すすけたイヤリングとかってさ」

「……すすけたって、なんなのよ！　いぶし銀って言ってくれない？　だいたい、千絵ちゃんの言葉づかいってどうなってるの？　この間、用事でうちに来た自治会長さんに、うちの姉ちゃんが、とか言ってたんだって？　創太に聞いたよ。よその人には、ちゃんと、姉って言うこと。あーあ、ちっちゃい頃は、真澄お姉ちゃまーって呼びながら後付いて来たのに」

「あたし、覚えてないもん」

真澄は、急に口をつぐんでしまった。あたしが、お姉ちゃまと呼ばなくなったのは、決して彼女のせいではないのに、少しの沈黙の後、ごめんと謝る。

アンティーク屋さんの男の人も含めて、真澄には、いくつもの出会いと別れがあった。彼女が打ち明けた場合もあったし、創太から聞いて知ったことも。でも、何故、いつも長続きしないのだろう。

普段は、プライヴァシィという言葉を多用して、余計なことを聞くなと言わんばかりの真澄だけれども、誕生日の前の晩だけは違う。その夜は言いたいことの言える無礼講の時。英語で言うところのガールズトークってやつだ。

あたしの問いに、彼女は、たったひと言、こう答えた。

「恐いんだよ」

意味が良く解らなくて、あたしは、首を傾げたまま彼女を見詰めた。

「たとえば、待ち合わせたりするじゃない？　相手が五分遅れると、あれっ？　て思う。十五分遅れると、どうしたんだろうと心配になる。そして、三十分遅れたら、何かあったんだって、いても立ってもいられなくなるの。一時間？　死んじゃったんだねって、心の中で弔いが始まっちゃうのよ」

実際に、人身事故で電車が止まって、一時間遅れて来た男がいたという。

「付き合い始めで、あたしのことを良く解っていなくて呆然《ぼうぜん》としていたけど、その場で別れちゃった。変でしょ？　人身事故で、ひとり死んでるっていうのに、そのせいで一時間やそこら遅れて来た男が、私には許せないのよ。いつも、そう。たぶん、その後、ものすごい時間厳守の女として、あたしは彼らの頭の中にインプットされるだけ。付き合い切れないのも無理ないよ」

そう言って、真澄は自嘲《じちょう》するように笑う。

「それって、澄生兄ちゃんが突然死んだことと関係があるの？」

尋ねると、真澄は、どうかな、と言って次の言葉を探そうとする。もしかしたら、この人は、兄の死以来、ずっとそのことについて考え続けて来たのかもしれない。

「明日、会えるって信じていた人が、もう戻って来ないこともあるって教えてくれたのは確かに澄生だけど、それを自分自身に当てはめてがんじがらめになっているのは私の責任ね。澄生はね、うちの家族の方向性を決めてしまった悪い奴なの。でもね、誰もがその方向を歩いて行かなきゃいけないって決まりなんてないのよ。自分で軌道修正出来る筈なのよ。だけど、出来なくなっちゃった人もいる。私もそうだし、もっとひどいのはママだし」

「あたしは？　あたしは、どうなの？　真澄姉ちゃんは、どう思うの？」

ちびの千絵ちゃん、と言って、真澄は、あたしの頰をつねった。

「あんたは、あらかじめどんな方向にも行ける人なんだよ？」

そう？　とあたしは腑《ふ》に落ちない気持で問いかける。この家に皆をつなぎ止めておけるのは自分だけ。そんなふうに感じていたのは、ただの自惚《うぬぼ》れだったたっていうの？

「誰かと恋人同士になるたびに、この人が死んだら、私、どうしようって胸が締め付けられそうになるの。それは、その人といられる幸せな思いと、失ったらどうしようと恐くなる気持とのせめぎ合いなの。私の場合、いつもその恐怖の方が勝ってしまって、二人の間が深くなり始めると、ゲームから降りるような態度で投げ出しちゃうの。そんな私を見捨てないで、何度も何度もトライしてくれたのは、ボビーだけだったんだよね」

ボビーというのは、アンティーク屋さんのロバートの愛称だ。あたしも何度か会ったことがある、とても紳士的な白人。好感度は高い。セックスの時もあのジェントルな姿勢を崩さないのかと尋ねたら、ものすごく怒られた。

妻を失うかもしれない恐怖の淵にいる男と、その男を失ったらどうしようと不安に怯える女。ロバートにとっては、真澄は、むしろ生の象徴のように映るのではないか。そのことが彼に生きる力を与えているかもしれないのに、あたしの姉は自分の存在意義について、ちっとも解っちゃいない。愛する人を待ち受ける死の落とし穴のことばかり心配しているのだ。

あたしは、改めて、初めて着けた指輪時計を掲げてみる。きっと、あのアメリカ人が選んでくれた物なんだろう。彼の店にあった品かもしれない。自分によって、恍惚《こうこつ》と不安を同時に得てしまう恋人のために、きっと、あの穏やかな目が選んだ贈り物。それは、そのまま、こうして彼女の妹の手に渡り、成人したその日からの時を、このまま刻んで行くだろう。あたしは、それを意識しながら、毎日を生きる。

真澄姉ちゃん、大切な人、澄生兄ちゃんの他は、まだ誰も死んではいないんだよ。

(4)

葬儀の日に雨が降ると、故人が降らせた涙雨ですね、なんて言う人がいる。そういうのを耳にするたびに、あたしは、ただの低気圧じゃないか、と鼻白む。でも、もし本当に空が死者の気持を代弁してくれるのだとしたら、あたしの告別式の日は快晴であって欲しい。晴れ晴れとした心持ちで命を使い切ったという証明になるから。あ、もしかしたら、かの有名な母方の曾祖母《そうそぼ》も雲ひとつない晴れ渡った空の下で、あちらの世に送られていったのかもしれない。あー、楽しかった、なんて柩《ひつぎ》の中で呟きながら。

「すげえな、そのひいおばあちゃん。最期の最期にそれ言えちゃうって、理想の人生じゃん？」

我家の壁に今も掛けられている曾祖母の書き残した言葉について話したら、武郎は、至極普通の反応を返した。誰もがそう言う。理想じゃん、て。

でも、あたしは、ほんとにそうかな、と少し疑っている。もしかしたら、明治生まれの女の意地だったんじゃないの？　何者もわたくしを不幸にするなんて出来ませんことよ、と胸を張りたいプライドが、あのラストメッセージを残させたのかもしれない、と想像してしまうのだ。

そう言うと、武郎は呆れたように笑う。

「それはないだろーっ？　死ぬ前に、そんなプライドなんか、なんの役にも立たないんじゃないのか？」

「武ちゃん、ぜーんぜん解ってないね」

「じゃ、千絵ぞうは、そんなプライド持てるって言うの？」

持てるよ、とあたしはきっぱりと答える。持てるどころか、その種のプライドを、あたしは、ずっと死守して来たのだ。だから、母を除いた家族の皆に、転校やら受験やらを持ち掛けられようとも、首を縦に振らなかったのだ。いったい何故、あんな奴らのせいで、あたしが逃げ出さなきゃならないの？　そう思っていた。ゆるく見えて、けれども執拗《しつよう》な苛めを仕掛けて来る連中と、あたしはプライドを守るために戦っていたんだ。

長くうっとうしい日々だったけど、逃げ出さなくて本当に良かったと、今は感じている。大人になるにつれて、本当に子供の集団行動の愚かさが解って来る。苛めは、ひとりになりたくない人間が、どうにかして力を蓄えようとした時に編み出す卑劣な知恵だ。あたしは、それに屈しないと早々に誓った。けれども、振り絞った筈の勇気が何度も何度も消えかけ、くじけそうになり、泣いた。人前で涙を見せたくないから、トイレに駆け込んだ。そうすると、さりげないふうを装って、何人かが後を追って来る。先頭に立っているのは、もちろん、あの発明者だ。

あたしは、彼女の死を願い、一緒に連れ立っている生徒たちの死を願い、そして、時に、新たな澄生の死を願った。けれども、自分自身の死を願ったことは一度たりともなかった。それは、何故か。だってあたしの家では、もう澄生が死んでいたから。

子供が二人死ぬ訳には行かないじゃない？　皮肉なことに、あたしは、新たな澄生の死を願いながら、同時に、過去の澄生の死によって生かされていたんだ。

後に、当時のことを真澄に打ち明けた時、どうして言わなかったのかと、きつい調子で問い詰められたけど、それも、またプライド。あなたの家の一番小さな娘は苛められるに相応しい。そんなでっち上げを絶対に突き付ける訳には行かなかった。だって、あたしは誇り高い澄川澄生の妹だもの。もっともそれが原因でつらい思いをする破目に陥っているなんて、まるで何かの冗談みたいだけれど。

そこから抜け出すという選択もあっただろう。転校するのに何の不自然もなかった我家の状況を考えれば、あっさりと逃げることが出来ただろう。もし、あたしのような目に遭っている子に相談されたら、即座にこう答えただろう。逃げるが勝ち、と。

でも、あたしはそうしなかった。あたしにとって、逃げるのは負けなのだ。夢は、ゆるぎない大人になること。幼ない頃に駅の切符売り場で見た創太の涙の跡を見て決意した。そんなあたしが、こんな馬鹿者たちに背を向けるなんて、出来ると思う？

はっ、まさか！

そうは言っても丸腰のあたしだ。関わり合いになりたくなくて、それまで親しくしていた子たちも離れて行ってしまった。孤独なのは決して嫌いではなかったが、ひとりでいるのが不便なのはよく知っている。友達のいない奴と周囲に思われるのが、何より傷付く。本当は、彼らの言う友達なんて、真の意味の友達なんかじゃないのに。それを知りながら、教室内のセオリー通りに、取りあえずの保険として、つるんでくれる奴らを血眼で探さなきゃならないなんて！　あたしの信条に反してる。それに、これって、どこの学校に逃げても同じなんじゃないの？

あたしは考えた。なんとかして策を練らなくては、と思った。でも、あせればあせるほど、それが顔に出るらしくて奴らをいい気にさせてしまうみたいだった。

それでも、あれこれ逡巡《しゅんじゅん》していたが、ある日、突然、すべてが面倒臭くなった。もうどうでもいい。そう思った瞬間から、あたしは、ぼうっとした人になった。自然に、ぼうっとしたのではない。歯を食い縛って、ぼうっとする訓練をし始めたのだ。その結果、あたしは、心ここにあらずという状態に、いつでも自分を持って行けるようになった。すると、苛めのノイズがどんどん遠ざかり始めるのが解った。

武郎と出会ったのは、そういう時期のことだった。学校でぼうっとするのが、どんどん簡単になって行った。だって、彼のことを考えていれば良いのだもの。他愛のないきっかけで笑い合ったりする時のヴァイブスや、唇以外の所にされる初めてのキス、どうでもいい理由で呼び出しておいて、どうでもいい理由から、なかなか帰してくれない、彼の可愛らしいわがままのことなどを。

恋には消音機能が付いて来る。あたしには、他人の悪意に満ちた言動がいっさい耳に入らなくなった。すると、それと入れ替わりのように、好意的に接してくれる人が少しずつ戻って来た。そして、いつのまにか、あたしに対する嫌がらせは、密度の薄いものになっていた。

とうとう飽きてくれたんだな、とほっとしたが、そればかりでもないようだった。新しい標的のための別な発明者が出現し、苛めを好物とする者たちは、雨雲が移動するかのように、そちらに行ってしまったらしかった。それを知って、つくづく思った。逃げ出さなくて良かった、と。あたしは、自分の誇りを守り切ったのだった。

以来、自分を苛めて来た奴らを、至極冷静に見られるようになった。冷めた目でながめると、彼女たちは、ひとりでは何も出来ない弱い集団に過ぎなかった。しかも、弱い者苛めが品格を落とすことにすら気付けない無知ども。怒りを向ける価値もない。ただ、軽蔑するだけだ。おまえたちは、あたしの中で、もう死んでいるよ。

その日も、そんなふうに思いながら、窓際にたむろする彼女たちを、ぼんやりながめていた。リーダー格の子が、窓枠に半座りになるような格好で、話の中心になっている。休みの日に原宿で芸能プロダクションの人から声をかけられたという自慢話。えー、マジで？　すごーい、と周囲の子たちは騒ぎ立てるが、あたしは、たぶん、それ偽者、と心の中で呟く。だって、あんた、あたしを苛める理由を発明した張本人だもん。あんなふうに卑しさが表に出ている顔がスカウトされる訳がない。なのに、ウチ全然興味ないしーなんて、わざとらしい大声を出している。

段々、不快感を覚え始めた自分に慌てて、そのグループから目をそらした。もうあんな人たちのために嫌な気分になってはならないのだ。死んで欲しい人のリストからも、とっくに外して、正真正銘のどうでもいい人になった発明者とその一味なんだもの。無視！

その時だった。ひゃあ、という不意を突かれたような弱々しい悲鳴と共に、空気の流れが止まってしまったのは。そして、数秒後、窓際にいた全員が絶叫した。

窓枠に半分尻を載せていた発明者が、バランスを崩して、校舎の窓から転落したのだった。そして、死んだ。たかが二階の高さだったのに当たり所が悪かった。運命の悪戯《いたずら》。少し前のあたしなら、こう言っただろう。運命の親切。

雨のそぼ降る中の葬儀で、あたしは、涙雨という言葉が、死んだ当人ではなく、残された者のためにあるのを知った。沢山の人々が、あたしの憎んだ発明者の死を悼んで泣いていた。同じクラスの子たちの大半が、ただの連鎖反応から泣きじゃくっているように見えたが、親族の人々は、心から嘆き悲しんでいるのが解った。特に両親、それも父親の崩れ落ちそうになりながら、むせび泣く様は、あまりにも悲痛だった。

彼女も、ちゃんと愛されていたんだ、とあたしは思った。死んでしまったのだから、彼女の罪はなかったことにしてやる、とはとても言えない。正直に白状すれば、あたしはその死が、ちっとも悲しくない。泣けない。でも、人目を気にして、ハンカチで時々目許《めもと》を押さえたりしている。

弟だろうか、幼ない男の子が事情を理解せず、席を立って歩き回ろうとしては取り押さえられている。そして、遊んでもらっていると勘違いしているのか、そのたびに、きゃっきゃと笑い声を上げる。あたしは、いつのまにかその子から目が離せない。

あの子は、あたしだ。ううん、あたしはあの子だった。そして、あの子は、あたしになるかもしれない。

あるいは、ならないかもしれない。

焼香を終えた後すぐに、あたしは葬儀場を出た。霊柩車を見送ったりはしなかった。死んだあいつだって、あたしに名残り惜しい振りなんてして欲しくなかっただろう。遺影が最後。もう二度と彼女の顔を見ることはない。どうでもいい人になる前だったら、もしかしたら快哉《かいさい》を叫んだかもしれない。でも、とうにそんな気はない。あたしにとって、いつのまにか、彼女は、生きていても死んでいても変わりのない人になっていたのだ。

あたしは、ただ、あの遺族席にいた男の子のことを思い出している。娘を奪われた両親をあらかじめ引き受けて成長して行かなくてはならないひとりの子供のことを。自分の記憶に残らない姉の死が、実は家族のありようを変えてしまったと、彼は、いつ気付くのだろう。ひとつの死の前と後で、世界の色がすっかり変わった人々の存在を、その時、知ることになる。人を奈落の底に突き落とすには、たったひとりの死で充分なのだ。その人がかけがえのない人であればあるほど、落ちて行く先は、深い。

家に帰ったら、母が花瓶に花を活《い》けていた。黒ずんで見えるほどに濃い赤の薔薇の花だ。脇には、花束が入っていたらしい空箱が置かれている。解《ほど》かれたラッピングの様子で、たいそう上等なものだというのが見て取れる。

母は、あたしに気付いて薔薇の向こうで微笑んで、おかえり、と言った。

「そのお花、どうしたの？」

「素敵でしょ？　マコちゃんから、さっき届いたの。今日はね、ママとあの人が出会った記念日なの」

そんな記念日があるなんて初めて聞いた。

「いつも、そんなの祝ってた？」

「祝ってる訳じゃないけど、毎年、お花は送ってくれるの。そのたびに素敵なお花を選んでくれるんだけど、ここ何年かは、この店の薔薇が多いわね。ママのお気に入りのローズショップなの」

「薔薇なら、うちの庭にもあるじゃない」

「ああ、あのつる薔薇ね。可愛いけど、棘《とげ》がいっぱい付いてるじゃない？　それに、特別な日には特別な花を飾りたいもの」

そう言って、母は、何度か茎を入れ替えて、花の形を整えた。

「千絵ちゃん、今日は、早かったのね」

あたしは、ただ頷いて、椅子を引き腰を下ろした。同じクラスの子の葬式だとは言えなかった。母は、若者の理不尽な死に対して、いまだに過剰な反応を示すのだ。澄生が天使のような姿のままで心に保存されているらしいのは仕方がないとしても、赤の他人の子供までそう思ってしまうのは、どうかと思う。まるで、親より先に死ぬ子は、皆、清い、と信じているかのようだ。

「あ、お花と一緒にローズウォーターももらったのよ。今、千絵ちゃんにお紅茶淹《い》れたげるね」

母は、戸棚からお茶のセットを出した。カップを扱う指が細くて綺麗《きれい》だ。棘を取り除いた薔薇に慣れた手。

「ママ、今日は調子良さそうだね」

あたしの言葉に、母は振り向いて唇を尖《とが》らせた。

「あら、調子の良い日の方が多いのよ。マコちゃんや真澄ちゃんががんばってこのおうちを維持してくれてるんだもの。ママも、みんなが気持良くいられるように一所懸命綺麗にしなきゃ。調子悪いなんて言ってらんない」

母の言う、気持良さへの努力のために、他の家族は、どれほど苦労して来たことか。それは、あたしが何の自覚も持たない小さな子の時から、既に始まっていたんだ。澄生の死を悼むことに、すぐに飽きてしまったあの頃から。

薔薇の香りの漂うお茶が目の前に置かれた。あたしには、それが、母のために細心の注意を払って作り上げられた安らぎの象徴のように感じられる。

「はい、お砂糖も薔薇。今日は薔薇尽くし！」

言いながら、母は、花の形の角砂糖を、あたしのカップに投げ入れた。その少しだけ乱暴な振舞い。まるで大人じゃないみたい。

そう思って、くすりと笑った途端、何故だろう、先程、完全に脳裏から追い出した筈のあの遺影が甦ったのだ。

唐突に涙が溢れた。自分でも訳が解らない。ただ、これだけは言えるが、あのクラスメイトの死が悲しくて泣いた訳ではない。

しゃくり上げるあたしに驚いて、母が駆け寄った。そして、どうしたのどうしたの、と背中を撫《な》でる。泣くのを止《や》めなくては、とあたしは必死になった。でないと、せっかくの薔薇の香りの魔法が消える。

そう自分に言い聞かせながらも、もうどうにもならないのだった。それどころか、母の、千絵ちゃん千絵ちゃんと呼ぶ声にせかされるようにして、こう打ち明けてしまった。

「ママー、あたし、ずっと苛められてたんだよー」

母は、何も言わずに、あたしを抱き締めた。告白は止まらない。あたしは、どんな目に遭って来たかを嗚咽《おえつ》と共に語り続けた。背中をさすられて、どんどん言葉が吐き出されて行くかのようだ。

どのくらいそうしていただろう。やがて少しずつ気持は落ち着き、涙は涸《か》れて来た。

すると、今度は、こんな問いが口をついて出る。

「ママ、澄生兄ちゃんが亡くなった時、千絵、どんなふうだったの?」

母は、あたしの涙を何枚ものティッシュペイパーで拭いながら、哀し気に笑った。

「泣いてたわ、今みたいに」

「ほんと?」

「そうよ。きっと、つられちゃったのね。それより、誰に苛められたの？　ママ、学校に言いつけて、その子、とっちめてやる」

もういいの、と言って、あたしは溜息をついた。どこにでも、そういう子っているのよね、と母はしばらくの間、腹立ちを抑えられずに、会ったこともない苛めの首謀者を責めていた。その口調は、小さな子供同士の喧嘩《けんか》に介入しようとする仕様のない親のようで、あたしは思わず笑ってしまったのだった。

「なあに？　千絵ちゃんたら！　ママ、あなたのために真剣に怒ってるのよ？」

澄ちゃんさえいればそんなことには……と続くのを恐れて、あたしは話題を変えた。両親が出会った日に花を贈るようになったいきさつなどを尋ねながら、ママは可愛い、と感じていた。生きている娘より、死んでしまった息子の方をより気に掛けているのを隠しもしないのだ。昔、澄生の死の際に、幼な過ぎて事情が解らないまま人につられて泣いた涙と、さっきの涙が同じ成分だと思っている。人の涙の出所には関心がないのだ。自分のしか。

けれど、あたしは、そのことに少しも不満を抱かない。むしろ、安堵《あんど》したい気分だ。適度に見放された気楽さとでも言おうか。

あたしは、誰かの涙の出所にはなりたくない。もしも早死にしてそうなってしまったら、と考えると目の前が暗くなる。死ぬに死ねない、と死んでからも、たぶん、途方に暮れることだろう。澄生兄ちゃん、もしかしてあなたもそうなんじゃないの？

その何日か後、登校したら校門の前にマスコミ関係者らしき人が何人かいた。色々聞かれていた子が言っていた話だが、窓から転落した女生徒が苛められていたか否かについて調べていたらしい。

「え？　苛めを苦にして自殺したかってこと？　んな訳ないじゃん、あの子が。しかも、二階から飛び降りないでしょ、普通」

誰かがそう言って、周囲は沸いた。あたしは、そこには加わらず、ひとり机に頬杖をつきながら考える。

気の毒に。苛めっ子ではなく、苛められっ子の汚名を着ることになりそうだね。自業自得ってやつ？　でも、あたしは、いい気味だなんて思わない。だって、あんたのお父さん、この世の終わりのように泣き続けていた。

その姿を胸に刻みながら、はからずも涙の出所でいるのを引き受けたクラスメイトの死を、あたしは、ようやく心から悼んだ。

(5)

かけがえのない存在に先立たれるって、どんな気分なんだろう。澄生が死んでしまったことで、あたしの家族は皆、それぞれに喪失感を味わった訳だけれども、受け止める人によってその種類が違うのは明らかだ。それは、彼が生きていた時、ひとりひとりの心の中にどんなふうに棲んでいたかによって異なるのだろう、と思っていた。でも、今、あたしはそれだけではないと感じる。実際に、どのくらい体と体で触れ合ったか、ということもおおいに関係があるのではないか。澄生の肉体に一番多く触れたのは母だった。だから、その感触をあまりにも突然に奪われた彼女が、今もまだ立ち直れずにいて他の皆を煩わせているのも無理はない。彼に抱かれた記憶をかろうじて留《とど》めているだけのあたしとは、失ったものの大きさが全然違うのだ。

もしも、澄生が、結婚して子供を作るまで生きたとする。そして、母に触れられて生活して来たのより、妻とそうして来た年月の方が長くなって来た頃に命を落としたとしたら、どうだっただろう。母より妻に与えられた喪失感の方が大きかっただろうか。それとも、血のつながっているかどうかを無意識に重要視してしまっている母の方が勝っただろうか。

ここまで考えて、あたしは自分自身に呆れてしまう。勝った、だって⁉ 喪失感の大きさに勝ち負けを持ち出してどうするの？ 確かに愛していれば愛しているほど、失った時の衝撃が強いのは想像が付く。でも、その時、どんなに深い傷を負っても、必死に立ち直ろうとして、それをやってのける人もいるのに。

死んだ人をそれほど大切に思っていたなら、その愛情を立ち直りのためにも使うべきじゃないの？ ああ、もどかしい。澄生に答えてもらいたくてたまらない。今、彼が母に、もっと強くいて欲しいと気に病んでいるのか。それとも、写真立ての中にあるような静かな笑みをたたえて、ママは、無理にがんばる必要なんかないんだよ、と言っているのか。

と、いうようなことを、あたしは、武郎の生まれ育った土地にやって来てまで気に掛けている。でも、まあ死者に思いを馳《は》せてしまうのも仕方ない。今はお盆休みの真っ最中だし、しかも、ここは墓地。林の入口にある津野家代々の人々が眠る場所だ。

あたしたちは、苔《こけ》むしたりっぱな囲いの外にある小さな空地にしゃがみ込んでいる。目に入るのは、いくつかの土の盛り上がりに置かれた石や、そこに差した木片。よく見ると、雨風にさらされて薄くなってはいるが文字が見て取れる。すべて、この家で飼われていた犬や猫などの生き物の墓標代わりなのだ。

「昔は、ペット墓地なんかなかったからさ、どこの家も庭の隅なんかに埋めてたみたい。うちはここ。今、飼ってる奴らも、たぶん、みんなここに入るよ。このあたりじゃ動物のために葬式なんかやらないから、自分ちで埋めて供養してたの。それ、おれたち兄弟の仕事でさ、わいわい言いながら穴掘ったりしていると、いつのまにか悲しいの忘れて楽しくなって来ちゃうの」

武郎の実家は、栃木県の山あいの村にある。今でこそ、街道沿いには大型レンタルDVD店やホームセンターなどが並んでいるが、彼が子供だった頃は、日本昔ばなしに登場するような田舎だったそうだ。

「夜が本物の夜だった」

そう彼は言うけれども、郊外とは言え、東京で生まれ育ったあたしにとっては、この土地の夜が今でも本物のように感じられる。昨夜、近くにある立ち寄りの温泉への行き帰りの道すがら、そう思って、武郎の手をきつく握った。闇の中から、現実には存在しない筈のものが、あたしたちをうかがっているような気がしてならなかった。

「もうじき、上のお兄さんの命日なんじゃない？　何かするの？」

「何かって？」

「うーん、御線香上げた後、故人を偲《しの》んでみんなで飯食ったりとか？」

「御線香ねえ……うち、仏壇もないのよ。アロマはたいても御線香なんてもってのほかなんだ」

「へえ？　じゃ、何を取っ掛かりにして、どうやって供養するの？」

「供養なんてしないのよ。澄生兄ちゃんは死んでないことになってるの。たまたま、今、いなくなっちゃってるってポジションなの」

「え？　それって、不自然じゃない？」

そんなこと、全員が解ってる。あの母だって、もちろん解っているのだ。けれど、あえて母の前では口にしない。家のあちこちに置かれた写真立ての中にいる澄生だけが年を取らない不自然さを、長年見て見ない振りでやり過ごして来た。その年季の入りようはたいしたものだと、変なところで感心してしまうが、実は、皆、必死なのだ。

夏が本番を迎えようとする頃、澄川家にも本番は近付いて来る。澄生の命日をいかに大ごとにしないで切り抜けるか、という重大な任務が課せられる。母もそれは承知していて、ことさらに軽い調子で口にするだけだ。澄ちゃん、今日、いなくなっちゃったのねえ、とか何とか。何も言わないわざとらしさを彼女なりの誠意で払拭《ふっしょく》したつもりなのだ。

そんな母に無理矢理感謝しながら、あたしたちは祈る。どうか、この日だけは雷が鳴りませんように、と。今のところ、急ごしらえの信仰心は功を奏して、神様は願いを聞き入れてくれている。つまり、たとえ夕立ちが来ようと雷はどこにも落ちてはいない。

「ここに武ちゃんが最後に埋めた生き物はなあに？」

「えーっと、大学の時に帰って来た時に死んだ、ピョン吉」

「解りやすい名前だねー。うさぎでしょ？」

「違うよー。バッタだよ。殿様バッタ、見たことある？」

「……ないけど……バッタって虫じゃん。虫もここに埋める習慣なの？」

「まあね。そりゃ、蚊とかそんなのは無理だけど、ある程度大きい奴だったらね」

変なの、と思って横を見ると、武郎は線香の煙がたなびく中、神妙に手を合わせている。

「おれんとこの兄弟とか近くの子とかが小さい頃さ、死んだから埋めて墓を作るっていう仕事が、いつのまにかわくわくする一大イヴェントになっちゃって、結局、あっちこっちから何かの死骸を見つけて来ちゃあ、ここに埋めて儀式をすることに夢中になっちゃったんだ。ガキってしょうもないよな」

「なんか、それ『禁じられた遊び』みたいだね」

あたしは、しばらく前に二人で一緒に観た古い映画を思い出していた。

あたしたちは武郎の部屋で、こんがらかった糸みたいに手や足を絡ませながら映画のDVDを鑑賞するのを至福の時と呼んでいた。大学時代、映画研究会に籍を置いていた彼は、色々な作品をあたしのために選んでくれる。人生経験は少ないけど良い映画に便乗して千絵ぞうの先輩面《づら》するつもり、とは、きっと彼の照れ隠しだ。あたしは、彼の感想や批評を聞きながら、いつも何かを教えてもらっている気がする。人を賢くするのって、絶対に人生経験の数なんかじゃないと思う。それは、他人ごとをいかに自分ごととして置き替えられるかどうかの能力に掛かっているのではないか、と彼を見るたびに思う。彼の話を聞いていると、映画の数だけ生身の人生がある、と目を見張りたくなる。澄川家だって、そのひとつに過ぎないじゃないか。そんなふうに思えて、すっかり気が楽になってしまうのだ。

「そう言えば、あの映画のラストで、千絵ぞう泣いていたね」

「そりゃそうだよ。あの音楽であのラストだもん」

埋葬した犬が寂しがらないようにと、次々と墓を増やし続けた少年と少女。その禁じられた遊びは、やがてエスカレートして行き、二人は引き裂かれるようにして別れの時を迎える。

「最後に駅で女の子が、ミシェール、ミシェールって呼びながら男の子を捜しに行くじゃない？　たまらないよう。あたしも、このあたりで置いて行かれたら、武ちゃーん、武ちゃーんって叫んで走り回る」

「あ、それ止《や》めて。このあたりの人、みんな知り合いだから。津野医院の馬鹿息子が東京から変な女連れて帰って来たって評判になるから」

武郎の家は、この村で代々続いている小さな医院だ。専門は内科と小児科だが、近所の人々は、皆、それに関係なく何かあるたびにそこに駆け込む。たとえば、隣家のお年寄が姿を見せないなどという時にも。

「今は、親父が細々と開業してるけど、その内、大学病院にいる兄貴が帰って来て後を継ぐみたい。弟も医学部だから、二人で大きくする相談してるよ。おれだけ、いつも蚊帳《かや》の外。ま、気楽だけど」

武郎は映画好きが高じて映画関係の仕事に就きたいと一度は思ったものの、何故か食品会社に就職した。彼いわく、一番好きなことは仕事にしない方が良いんだって。でも、そうかな？　あたしは一番好きなことは、いつも一番目に持って来たいけど？

あたしたちは、取り留めのない話をしながら、武郎の家に戻るべく川のほとりを歩いていた。男兄弟ばかりの彼の家では、女友達を泊まりがけで連れて来るのが一大事件のようで、津野家は大はしゃぎだった。その騒がしい様子は、あたしの家とは大違いで、慣れるのには時間がかかったけれども、温かさが好もしかった。

道すがら、あたしは、川の中に不思議なものを見つけた。岸寄りの位置に、丸太が大きな筏《いかだ》のように組まれ、水の流れに逆らう格好で傾斜を付けられ寝かされている。

「あれは、やなっていうんだ」

尋ねると、武郎が教えてくれた。杉の丸太や竹で水流をせき止めて、産卵のために川を下る鮎《あゆ》を捕獲する仕掛けだそうだ。

「この那珂川《なかがわ》って鮎の放流で有名なんだよ。観光名所になってる所もあるんだ。ここのは小さいけど、でも、ほら、一応あそこに食べさせるとこがある」

　指差された方向には、既に営業を終えたらしかったが、外にテーブルを出した食堂のような施設がある。炭火で焼いたのをこんな空気の中で食べたら、さぞかしおいしいだろう。

「明日、早い時間にもう一度来てみようか。千絵ぞうも酒飲める年齢《とし》になったんだし、旨い酒持参で」

　武郎の提案に浮かれて、あたしは、彼が制止するのも聞かずに川べりの土手を駆け降りた。そして、水の上をやなまで渡す、やはり丸太で組まれた小さな橋を急いだ。魚が打ち上げられている様子を、間近で見てみたかったのだ。

　案の定、鮎ではなかったが、かなり大きな魚が何尾か行き場を失って跳ねている。あたしは歓声を上げて、やなの傾斜を小走りで進もうとした。そして、その瞬間、滑って尻餅をつき、そのまま水の中に移動してしまったのである。

失敗した、と思った。急に子供じみた行ないが恥ずかしくなった。でも、ほてった体に川の水がとてつもなく心地良い。澄んだ水はそこにさす太陽の光を粉々にして、あたしの皮膚を洗っている。つい、うっとりとしてしまい、座り込んだまま、視界に入るものたちを愛《め》でた。

しばらくの間、そうしていたいところだったが、武郎の呼ぶ声で我に返った。彼は、まるで常軌を逸したかのように、あたしの名前を連呼しながら走って来ようとしていた。しゃがんでいるから、こちらの様子が見えないのだろう。ちえぞーっ、ちえぞーっ、という真剣な声があたりに響き渡るので、あたしは、すっかりばつが悪くなり、立ち上がるに立ち上がれなくなってしまった。せめて、自分の名前がミシェールならさまになったのに、と思った。

必死の形相《ぎょうそう》で、あたしを見つけた武郎は、無事なのが解ってほっとしたのか、今度は哀し気な表情になり、こちらを見下ろしていた。あたしのかわいそうな一番目の人。

「……大事け？……脅《おど》かすなよ……おれ、千絵ぞうに何かあったら……」

大丈夫か、と聞くところを、うっかり方言を使って、あたしを助け起こす武郎の目を見た瞬間に、どういう訳か真澄の顔がよぎった。と、同時に、前に聞いた彼女の言葉が思い出される。誰かと恋人同士になるたびに、この人が死んだら、私、どうしようって胸が締め付けられそうになるの、と彼女は言った。

でも、あたしは違う。

自分が死んだら、この人はどうなるんだろう、と思いを馳せる側の人間に、あたしはなりたい。

ああ、もう、と腹立たし気に言って、武郎は、あたしの濡れた右手を取って西日にかざした。

「せっかく真澄さんからもらったのに。もう、部品ないかもしれないんでしょ？」

頷いて、あたしは、だいなしになってしまった指輪時計を見た。そして、真澄お姉ちゃま、と小さな頃のように心の中で呼んでみる。部品なんかなくたって、この南京虫は、きっと綺麗に時を刻むよ。

家に着いたら、皆、びしょ濡れのあたしを見て笑った。おもしろおかしく仕立てた武郎の状況説明のせいで、笑い転げた。そうして、あたしは、生まれて初めて、幸福な笑い者になった。

第四章「皆」

(1)

ロバートの妻が亡くなった時、それできみはどうするのか、と父に聞かれて真澄《ますみ》は慌てた。まさか彼が自分たちの関係を知っているとは思わなかったのだ。咄嗟《とっさ》に、創《そう》太《た》か千絵《ちえ》のどちらかが口を滑らせたに違いないと疑ったが、そうではなかった。驚いたことに、ロバート本人の口から聞いたのだと言う。

「うちで新しく開いたカフェあるじゃない？　あそこで、ボビーにばったり会った。よく昼飯食いに来るんだってね。奥さんの病院、あの側《そば》だったんだって？」

そうだけど、と言いながら、真澄は首を傾《かし》げる。確かにロバートと父は顔見知りではあるけれど、昼食時に立ち入った話をする間柄とは思えない。そう伝えると、父は肩をすくめた。

「自分の内に留《とど》めておいた深刻な問題が、どんどん心の中で膨れ上がって行って、どうにも場違いな瞬間に噴き出してしまうことって、あるよ。きっと、ぼくが彼を見かけて挨拶《あいさつ》をした時が、それだったんだろう」

「ボビー、どんなふうだった？」

「淡々と話していたよ。最初にうちを見に来た時に真澄と恋に落ちたって言ってたけど、そうなの？」

　真澄は、どう説明して良いのか、と言葉を探しあぐねた。ロバートの言い分では、まるで二人が出会い頭に同時に心を熱くしたように聞こえるけれど、それは違っていると感じた。

　かつて住んでいた家を郷愁たっぷりにながめる男の視界に、偶然、自分がいた。始まりは、そんなものだっただろう、と真澄は思う。ロバートだって言っていた。おかしいね。日本にいた子供の頃の記憶をいつくしもうとすると、そこに必ず、あなたが付いて来るよ、と。それを聞いた彼女は笑い、今度は、積極的に彼の心に棲《す》み着こうとした。彼が子供の頃に失ってしまった何かの代わりに。そして、自分も幼なかった時代に落として来た何かを拾うような気持で。

　二人の関係が親密さを増す速度はゆるやかだった。ロバートは、真澄が帰っているのを確認して、何度か懐しの家を訪れたが、彼女の母の具合を気づかい長居することはなかった。都心で落ち合い、二人きりで食事をするのも昼に限られていた。激情に駆られるような事態とは、まったく無縁の逢瀬《おうせ》が続いた。

彼らは、昔、あの家で与えられた温かいものをもう一度見つけるための協力者のように、そこでのありったけの思い出を語り合った。すると、心の奥底にあった種火が、再びくすぶり始めた。気が付いた時には、二人共、同じ火で暖を取っていた。温め合う間柄になったのだ。つまり、恋の当事者に。

それまでロバートの側の問題でしかなかった妻の病気が二人のものになった。彼のつらさを真澄も引き受けることになったのだ。頼まれてもいないのに、恋人の妻の容体を心配する自分を、彼女は滑稽《こっけい》に感じた。病気でなかったら、その死を願うかもしれない人なのに、と彼女は自嘲《じちょう》するように笑う。それなのに、あらかじめ病気であるために、死ではなく無事を祈ってしまうのだ。決して病人を思いやってのことではない。その病人を愛して疲弊する男を悲しませたくないあまりにそうしてしまっている。

ロバートは、決して未来について語らなかった。出会った時からそうだった。彼が真澄にする約束は、せいぜいが三日先のもので、それも食事やバーでの一杯などの具体的な予定に関する事柄に限られていた。彼女の部屋に行く際は、時刻のみを告げた。遅れるかもしれないよ、と必ず付け加えて。その言葉が、少しも彼女を落ち着かせないというのを彼は知らなかったのだ。

別れを告げるのは、いつも真澄の方だった。そして、また会いたい、と告白するのも彼女だった。ロバートは、引き止めもせず、拒むこともせず、ただ自分がいなくてはいけない場所にいて、しなくてはならないことをこなしていた。そうしている内に妻が死んだ。真澄には、死んだよ、とだけ伝えた。その後の未来については、やはり何も語ることはなかった。

真澄も、また、何も尋ねなかった。それどころか、妻の死の知らせの後、こちらからの連絡自体を断った。ロバートの悲しみを少しでも和らげたいとは思ったが、自分がそこに立ち入るのは礼儀を欠いたことのように感じられた。

「どうして、側に行って、一緒に泣いてあげないの⁉　馬鹿みたい！」

千絵には、そうなじられた。妹は正しい、と真澄は唇を噛《か》んだ。馬鹿みたいな私。でも、それは、長い時間をかけて作られて来た本当の私でもあるのだ。自分に正直になっているからこそ、彼の胸に飛び込まないまま、じっと、ここにいる。妻がいなくなった分の彼の心の空洞は、私の大きさじゃない。そこに滑り込んでしまったら、永遠に逃がれられないような気がする。彼女は、そんなふうに恐がっているのだった。

創太も千絵に続いてむきになる。

「奥さんと真澄は別な人間なんだよ。ボビーが、二人のために空《あ》けていたのは、全然別な場所だよ。でも、それを、どう扱う男なのかは、おれには解んない。ただ、彼と会わなきゃいけないってのは、絶対に言える。真澄、行って、ボビーとちゃんと話して来なよ。人と人って、ちゃんと会って話さないと、その間に何が生まれるか解らないよ。頭の中で考えているものとは、まったく違う何かが真澄とボビーの間に隠れてるかも。そして、見つけられるのを待ってるのかも。人と人の組み合わせの数だけ、その種類はあるんじゃないかって、おれ、思うんだよね。自分の思いを、誰かの定型に当てはめることないよ。それって怠けてる気がする」

ひと息にそこまで言って、創太は溜息《ためいき》をついた。千絵が呆気《あっけ》に取られて彼を見詰めている。

「創兄ちゃんが、そんなに熱く語ったの、あたし初めて聞いたよ？　すげー」

「うるせえな。おれだって色々考えてるんだよ」

「うっそ！」

そこから二人は、幼ない頃から少しも変わらない他愛のない諍《いさか》いに終始した。成長しているのかいないのかが、まったく解らない弟と妹だと呆《あき》れながらも、真澄の心は少し落ち着いた。

たまたま、きょうだい三人がそろった夜だった。普段から皆、ことさら自分の思いを寄せている相手について話題にはしなかったが、尋ねられれば答える、という態度を取っていた。しかしながら、誰かが誰かの私生活に強い関心を抱くこともなく、恋愛についての深い話は、ほとんどすることがなかった。それなのに、そこに、ひとたび死という問題が絡むと、誰もが口を出したがる。澄川《すみかわ》家では、母に、それについて考えさせたくないあまりに、彼女が不在の時を選んで、全員が、その、昔から続く、そして、この先も永遠に待ち受けるであろう命題にきちんと向かい合うのだった。

「もう、これって、ファミリー・トラディッションってやつなんじゃないの？」

「かもねえ。でも、こういうこと話してる限り、澄生《すみお》兄ちゃん、ここにいるよ、間違いなく」

「それ、いいことなのかな？　澄生さん、どう思ってるんだろう」

「知らないよう。だって、澄生兄ちゃん、もう死んじゃってるんだもん」

　創太と千絵のやり取りを聞きながら、真澄は、本当にそうだ、と頷《うなず》く。ファミリー・トラディッション。家族の伝統。新しく生まれた澄川家が、その一員を失うことによって作り出し、守り、受け継いで行くであろう伝統だ。もういない人について語り尽くすこと。参加する術《すべ》もない当人のために、残された人々は代弁する。そうすることによって、死が新たな生を獲得するのだ。良くも悪くも、語り手の言葉という衣装をまとって。

　ロバートは、これから長いこと妻の死について考えるのだろう、と真澄は思った。そして、その死が持つ強い力に関して、どんどん詳しくなって行く。彼に会いに行くということは、自分も、また、その死について学ぶのに等しい。そこまで勤勉になれるの？　と真澄は自身に問いかける。

「問題は、真澄姉ちゃんが、ボビーを愛してるかどうかってことしかないんじゃない？」

　千絵の大人ぶった口調に創太が噴き出す。

「何がおかしいの？」

「おまえ、津野《つの》にも愛してるとか使うの？」

「いけない？」

いや、別に、と言いながらも、創太は友人と妹のその種の会話を想像したらしく、笑いをこらえることが出来ない。そんな彼を一瞥《いちべつ》して千絵は続ける。

「真澄姉ちゃん、ボビーと別れたりくっ付いたりを何度もくり返して、その空いてる期間には、別な人たちとうすーく付き合ってるでしょ？　そのうすーい人たちって、ボビーと置き替え可能な訳？」

「何よ？　そのうすーいって」

「つまんなーい、って、ことだよ」

「千絵ちゃんみたいな子供に何が解るのよ」

「どうせ、あたしは子供ですよ。でも、子供だから解ることだってあるよ。世間の冷たい風にさらされて、よれよれになって、ぼろぼろになって、すさんで弱り切った大人が忘れてしまったものを、ちゃんと、まだ持ってるし」

ぶぶっと、創太がまた噴き出した。真澄は、しばらくの間、その大袈裟《おおげさ》な物言いに呆気に取られていたが、やがて我に返って、千絵を訝《いぶか》し気に見た。

「……そのまだ持ってるもんって何なのよ……」

それは……とくり返して、口ごもりながら千絵は答えた。

「死んじゃ嫌《いや》って思える人としか付き合わないって覚悟だよ。それと……」

真澄は、顎《あご》を上げて、その先を促した。

「……この人のことを考えたら絶対に死ねないっていう決意だよ。真澄姉ちゃん、ボビーに対して、全然、捨て身になってない。そうなれないんだったら、そのまんま、うすーい人たちと何も恐くない気楽な付き合いを続けた方がいいよ。でも、もし本気になってる自分に気付いてるんなら、彼んとこに、すぐ行くべき。死んだ奥さんより生きてる自分の方が実力あるって証明するべき」

「千絵ちゃん」真澄は、千絵の顔を探るように見た。

「その津野くんって男の子のこと、ほんと好きなのね」

千絵の頬《ほお》がぱっと染まった。それを認めた創太が茶化すように言った。

「好き、じゃなくて、愛してるんだろ？」

ふん、と言って、千絵はふくれっ面《つら》をして席を立ち、自分の部屋に入ってしまった。

その後ろ姿をながめながら、創太は、いつまでも、くすくす笑っている。

「創太ったら、どうして、いつも千絵ちゃんのことかまうのよ」

「だって、予想通りのリアクションするからおもしろいんだもん。それにさ、あんなちびだった奴が、愛だって」

「どこが悪いのよ。あんただって、好きな女の子には使うでしょ？」

真澄の問いには答えず、創太は、組んだ両手の指を口許《くちもと》に当てたまま、しばらくの間、何も言わずにいた。二人の間に突然の沈黙が漂うのはいつものことだったので、彼女は自然に受け止めて、音楽でもかけようか、と立ち上がった。すると、ようやく彼は口を開いた。

「愛ってさ、世の中のすべての人のための言葉じゃん」

言っている意味が解らずに、真澄は目で問いかけた。

「万能薬みたいなものに思える。そういうのおれには合わない。おれの用語じゃない」

じゃあ、あんたの用語って？　と真澄が尋ねようとしたその時、二階から母が降りて来たので、話題は、急遽《きゅうきょ》、他愛のないものに切り替えられた。仲良さ気《げ》に語り合う子供たちを見て、穏やかな笑みを浮かべた母は、少しばかり不思議そうに首を傾げて尋ねる。

「ねえ、どうして、あなたたち、こんな夜更けに鮨種《すしだね》の話をしているの？」

「だ、だって、創太が新子《しんこ》の旬を間違えてるから……」

「新子ねえ……ママは、えんがわが一等好き。そう言えば、澤之鮨さんとこ、ずい分御無沙汰してるわねえ」

そう言って、手にしていた水差しの水を注《つ》ぎ足している母の背後で、真澄と創太は、めくばせを交し、かすかに頷き合う。彼らの共犯歴は、驚くほど、長い。

結局のところ、何だかんだと反発し合っているようでいながら、創太と千絵の両方が口をそろえて言ったのは、とにかくロバートに会うべきだということだった。あの時の二人、まるで自分のことのように真剣だったと真澄は思い出している。姉に起った事態に自分たちのつちかって来たものを応用しようとするかのように、とうとう話していた。死に対峙《たいじ》した時の自分なりの処方箋を惜しみなく差し出そうとする、あの親身な様子。

澄生の死によって、自分たち家族には多くのものが貯えられて来たようだ。時が埋葬の土のように少しずつかけられ、やがて、すっかり隠されてしまう種類の死がある。

また、時は薬の役目を果たすこともある。まとわり付いた周囲の人々の苦しみや悲しみは、それによって溶かされ、目立たない骨組みだけが残った死。他にも色々な役割を持つ時が、死を小さくして行く。

けれども、澄生の死は、そのどれとも違う経過を辿《たど》っている。彼の死は、減って行く死ではなく増えて行く死だ。自分たち家族は、彼の死が慎ましい形になろうとするのを断固として拒否している。考え、語り、応用し、どんどん大きくして行っているのだ。あたかも、家族共有の財産を増やそうとするかのように。でも、それは、ひとりの人間の死を正しく扱っていることになるのか、どうか。真澄は、それについて、いつも自分に問うてみるのだが答えは出ない。はっきりと言えるのは、澄川家の人々は、こうする以外、彼の死を受け入れることが出来ないということだ。

いったい、何年、それをやっているのだ、と呆れ笑う人もいるだろう。実際に、澄川家のありようを見て、失笑を禁じ得ないと言ってのけた人を知っている。世の中には、もっと悲惨な原因で命を落とした人々が大勢いるではないかと。そして、残された人たちが必死に立ち直った例も山程あるではないか、と。

そういう意見を耳にするたびに、でも、と真澄は心の内で声に出さずに反駁《はんばく》する。

その人たちの死は、私たちの大切な死じゃない。テレビの中で、どんなに悲惨な死を目撃しても、身も心も擦《す》り合わせて来た重要な人のそれほどには嘆けない。だって、知らない人だもの。卑小な連中と笑いたければ、笑え。人類愛なんて嘘っぱちなように、人類の死を憂えるのも、ただの偽善に過ぎない。切実であるべきは、いつだって愛する人、そして、愛する人の死。今ある自分の一部分を確実に形作って来た人のことだ。

そして、今、ロバートが、まさにそういう人を失い途方に暮れている。

他の人と置き替え可能なのか、と千絵に問い詰められた。あの時は答えを避けたけれども、正直に言うなら、絶対にNOだ。それなのに、きっぱりと答えるのに躊躇《ちゅうちょ》したのは、真澄にそのことを実感させたのが、他ならぬロバートの妻だったからだ。彼女は死ぬことによって、妻不在の男の孤独を引き立ててしまった。皮肉にも、それ故に彼の魅力は深みを増したのだ。真澄は、そこに吸い寄せられている自分をもう否定出来なかった。

私は、彼を必要としている。そして、これからも必要とするだろう。

はっきりと輪郭を現わしたこの事実に真澄は改めて怖気《おじけ》付いた。私は、どうか死にませんようにと祈らねばならない人を、またひとり増やしてしまった。そう認めると、失うかもしれないロバートへのいとおしさのあまり、涙が湧いて来る。そして、日頃の他人に見せている自身の強気な態度との落差を感じて、溜息をつきたくなる。うろたえているのだ、と彼女は思う。近寄らないように近寄らないようにと、必死に自分に言い聞かせて来た筈《はず》の領域に、今、一番近付いている。

「そりゃあ、創太と千絵ちゃんの言ってることが正しいよ。ボビーに会わなきゃ何も始まらないだろう？　それとも、始めないまま終わりにする気？」

馬鹿みたいだと千絵に言われた、と父に訴えたら、そう返された。真澄は、自分の心情をどうにか言葉にして彼に理解してもらおうとするのだが、ままならない。

もどかしさに、ただじれるばかりの真澄を、父は静かに見詰めていた。

「マコパパにも上手《うま》く説明出来ないのに、ボビーのとこに行って、自分の気持をきちんと話せる自信、全然ない」

そう言って親指の爪を噛む真澄を見て、父は、くすりと笑った。何がおかしいのかと彼女は目で問いかける。

「真澄ちゃん、子供返りしてる？　小さい頃、自分のわがままをどうやって通そうか考える時、きみ、いつもそうやって爪を噛んでた。それを見るたびに、あ、策、練ってると思っておかしかったよ」

慌てて手を膝《ひざ》に置いた。確かに、澄生や創太よりも自分を優先させようとする時、両親の前でそうしていた。新しく作られた家族の中で必死に自己主張しようとしたのは、決して、創太だけじゃない。

「ねえ」と言って、父は、真澄の顔を覗《のぞ》き込んだ。

二人は、ひと仕事を終えたオフィスで、互いの労をねぎらうために、シャンパンを開けている。昔、げろの味に似ている、と澄生が文句を付けて、彼女も共感したその液体は、今、自分への最高の褒美として身も心も洗うものとなっている。

「乾杯」

フルートグラスを掲げた父を、真澄は、怪訝《けげん》な表情で見詰める。

「何に？」

「真澄ちゃんの新しい人生の始まりに。きみは、近い内にボビーに会いに行くことになる」

相変わらず、芝居がかった物言いをする、と真澄は鼻白んだ。それに、ボビーの妻の死をきっかけに新しい人生が始まるなんて不謹慎じゃないか。

「え？　でも、きみ、彼の奥さんに会ったことないんでしょ？」

「……そうだけど」

「だったら、本式に悲しんでないでしょ？　妻のためじゃなくて、妻を失った恋人のために悲しんでる訳でしょ？」

言葉に詰まった。確かにそうだが、それを口に出しては身も蓋《ふた》もないような気がする。

「誰かが死ぬと、必ず誰かの新しい人生が始まるんだよ。それは、つらい始まりであることがほとんどだけど、その内、絶対に隠れていた希望が姿を現わすんだから」

「……マコパパは根が楽天的なんだよね」

「じゃあ聞くけど」

父は、グラスを置いて、真澄の目をじっと見据えた。

「いったい、どうして、きみは、死に対してそんなにも厳格なの？」

予期していなかった質問に真澄は不意を突かれた。

「……だって、それは死んだ人に敬意を……」

父は、真澄がしどろもどろになるのをぴしゃりと遮った。

「そいつは、嘘だな」

「真澄ちゃん、誰でも人は死ぬんだよ。いつ死ぬか、どんな理由で死ぬか、そして、後に残された人がどうなるか、それは、人によってさまざまだけど、死ぬっていう事実には変わりない。誰にだってやって来るその瞬間に説明なんか必要かな？　受け止めるってだけじゃ駄目なの？」

「マコパパになんか解んない！」

「ところが解るんだな。誰もぼくがそうだったことなんか忘れてて、自分でもその方が気楽だとは思ってるけど、ぼくだって妻に先立たれた悲劇の主人公だったんだからさ、一応」

真澄ははっとした。何故だろう、その事実は常に頭の中にあった筈なのに、全然思い出すことがなかった。たぶん家族の誰もがそうなのではないか。

「あれ？　悲劇の主人公って、そこ、笑うとこだったんだけどな」

黙り込んでしまった真澄に、父は、肩をすくめて、おどけた表情を作る。この人、本当にふざけている、と彼女は呆れてしまう。

「で、その悲劇の主人公は、どうやって悲劇から脱出したんですか？」

「きみのママに会って、それが出来た」

そう、ぽつりと言う父の瞳に、もうおふざけの色はない。

「真澄ちゃん、これは、男と女のことに限るけど、かけがえのない人を失った時の穴は、別のかけがえのない人でないと埋められないよ」

驚いたことに、父は、こみ上げて来るものを必死に抑えているようだ。顔が泣き笑いになっている。

「年かな。近頃、すっかり涙腺が緩くなって来ちゃって。でも、ぼくは、美加《みか》を失ったら、もうかけがえのない人を作らないつもりだから、そのがらんどうになった部分を抱えて行かなくちゃならない。そう思うと、やるせなくってね。澄生くんを失った彼女とおんなじだね。これが家族になるってことなんだね。ボビーが奥さんに対してそうなるには、まだ若いだろう。真澄ちゃん、きみが彼にしてやれることはひとつだよ」

動悸《どうき》を感じる。真澄は、自分がまるで陸上競技のスタートラインに付かされたような気持になった。位置に付いて、ヨーイ！　と言われて腰を浮かせているみたいだ。

「真澄ちゃん、今、だよ！　急げ」

グラスに残っていたシャンパンをひと息に飲み干して立ち上がり、真澄は父に向かって頷いた。そして、一刻も早くタクシーをつかまえるためにオフィスの外に走り出る。

「ただ飛び込めよ！　余計な言葉なんかいらないんだから」

背後から追い駆けて来る父の声を聞きながら真澄は思う。私は、そのことを、ずいぶん前から知っていたような気がする。

(2)

母は入退院をくり返していた。

飲酒を再開しては、やがて体の不調に耐えられなくなり自分から病院に行くと言い出すこともあったし、周囲の目から見て明らかに精神のバランスを崩しているのが解り、無理矢理連れて行くこともあった。また、何回かは、家のどこかで倒れていて、家族が慌てて救急車を呼んだ。

そして、そういうことがたび重なる内に、母は、自分を律する努力よりも楽な方法で日常生活に戻れないかと、あれこれ知恵を絞るようになったらしい。酒を抜き、治療やカウンセリングを受け、セッションに参加する精神病院での三ヶ月にも及ぶ行程に、よほど我慢が出来なかったのだろう。

辿り着いたナイスアイディアは、知り合いのつてで紹介してもらった総合病院の特別室に入院すること。そのホテルのような部屋で二週間だけ点滴を打ってもらい、無事に澄川家に帰還するのだ。

「ほら、もうカウンセリングとか同じ症状の患者さんたちの集まりとか、何度もやってるから、すっかり慣れちゃって役に立たないの。ママに必要なのは、体からアルコールを抜くことだけなのよ」

母のその言葉に、澄川家の誰もが呆然《ぼうぜん》とした表情を浮かべていた。それを聞いたのは、初めて彼女が実際に特別室での二週間を過ごして出て来たばかりの日だ。素人《しろうと》の浅知恵を実行に移したとは思えないほど、血色が良くなっている。まるで、リゾートかどこかで休暇を楽しんで来た人のように見える。

「……ママ、この病院に入院するの、これを最初で最後にしてくれるよね?」

真澄が、病院からの封筒を開けて、領収書を始めとする書類を確認しながら言った。見る間に、その顔が怒りで真っ赤に染まって行く。母はそんな彼女の様子にまったく動じることもなく、呑気《のんき》に言った。

「そりゃ、そうよ。あんな贅沢《ぜいたく》な病院。でもね、またどうにかなった時、あそこがあるって解っているだけで心強いじゃないの」

また、か。創太は溜息をつきながら、姉と妹の顔を交互に見る。どちらも、元気になって戻って来たというのに、母を歓迎していないのが解る。経済的な事柄を心配しているのと同時に、その病状を不安に感じているのだ。

澄川家の人々は、母のせいで、すっかりその病気に詳しくなっていた。つまり、アルコール依存症は、大酒飲みということとは、まったく性格が異なるということを。酒が好きだから飲むのではなく、飲まないと生きて行けない体になってしまっているのだ。そして、それを治せるのは専門医しかいないのだ。母のような優柔不断な患者が自分で判断して良いことは何もない。

父だけが笑みを浮かべていた。何はともあれ、帰って来て良かったじゃないか、と言って、全員に相槌《あいづち》を求めている。その笑顔の陰に必死さが隠れているような気がして、創太は、つい頷いてしまうのだった。そして、そうすると、何だかやけになり、良かった良かったと騒ぎ出してしまうのだった。本当は、子供の頃のように、わいわい、わいわい、と音頭を取りたいところだ。

でも、もちろん本心から良かっただなんて思っていない。父と喜び合いながらも胸騒ぎを禁じ得ないのだ。母が体調の良さと明るさを取り戻すたびにそう感じて来た。次はいつなんだ、という不安がよぎる。その「次」が来るのが段々早くなっているんじゃないのか？

創太の問いに、そんなことはないだろう、と父は平静を装って答えていたが、内心は、やはり心配でならなかっただろう。仕事で帰宅が遅くなる自分の代わりに、母が眠りに就く前にはなるべく様子を見てやってくれ、と創太に頼んだ。

誰もが抱いた嫌な予感は当たり、母は、その総合病院の特別室に何度か逆戻りした。たった二週間の点滴で、すべてが元通りになるとたかをくくった彼女は、我慢に我慢を重ねて断酒を続けて行くのを、いつのまにか放棄してしまったのだった。そして、創太が恐れていた通り、退院と次の入院の間隔は、確実に狭まって来ていた。

母が入院する二週間の内、創太は、可能な限り時間を作り病院に立ち寄った。そして、前に頼まれていた物を差し入れする。

菓子が多かった。アルコールが抜けると急に甘い物が欲しくなる、と母は言った。

「糖分のバランスが取れてるってことよね。だから、お酒を飲みながら甘いものも食べるって、そのバランスが崩れて糖分が過剰になるのよ。そういう人って糖尿病になるんだと思うわ。創ちゃんも気を付けなきゃ。あなたって、おつまみにチョコレート食べるの好きじゃない？　ほら、オレンジピールをくるんだやつ」

アイスクリームのスプーンを口に含んだりしながら、取り留めのない話に終始する母のベッドのはしに腰を下ろして、創太は耳を傾ける。

まだ子供だった頃もよくこうしていた。あの時の母は、言うことを聞かなくなり始めた彼女自身の心と体に、ただただ混乱するばかりだった。創太は、時に常軌を逸する彼女の言動に恐怖を覚えたこともあった。しかし、決して離れようとはしなかった。自分が、この人の一番近いところにいるという実感を捨てたくなかったのだ。それは、遠回りをしながらも、彼がようやく手に入れたものだった。

家のベッドで酒を啜《すす》っては横になるのをくり返していたあの頃に比べて、母は、ずい分と自分を取り戻したかのように見える。けれど、どうしてか、前よりもずっとはかなさを漂わせているようだ。創太には、その風情が、さまざまな諦めをひとつずつ受け入れた人のそれに思えてならない。もがき苦しんだ後に、ようやく獲得した凪《なぎ》の中で、この人は生きている。そして、それが、その内すぐに奪われることを知っていて、そのことに関しても諦めている。

もしかしたら、と創太は思う。だからこその特別室なのではないか。決して完治しない病のために精神病院で奮闘するのを、母は、ある時、諦めたのだ。彼女が、ここに出たり入ったりするのは、わがままなんかじゃない。もしかしたら、最後の贅沢と自身に言い聞かせているのではないか。

「ママ、昔、おれ、わいわい族だったの覚えてる？」

母は、唇に付いたアイスクリームを舐《な》めながら悪戯《いたずら》っぽい目つきで創太を見る。

「あら、今は違うの？」

「もう、大人だもん」

「えー？　つまんなーい。やってよ、創ちゃん、はいっ、せえのっ」

勘弁してくれよぉ、と言いながら、創太は笑いながら頭を抱える。母もつられて、笑いが止まらない。その口許からヴァニラの香りがこぼれて、こちらに届く。彼は涙ぐみたいような気持で考える。もしかしたら、ママといて、今が一番幸せなんじゃないのか？　とうとう幸福を手玉に取った。そんな気がした。

もうサンドバッグなんかじゃない。創太は、そう伝えたくて病院の帰りに真知子《まちこ》の部屋に寄ることにした。今日は仕事が休みの筈だから、ひとりでのんびりとくつろいでいるに違いない。

ところが、ドアを開けて創太を見た真知子は、困惑した表情を浮かべて玄関先にそろえられた草履《ぞうり》を無言で指差した。彼には、その渋い色の女物が何を意味するのか、さっぱり解らずに首を捻《ひね》ったままである。

しばらく、そうしていると、真知子の許《もと》に和服姿の老女が来て、お客様？　と尋ねた。

「友達の息子さんなんです。今日、パソコンの調子がおかしいから見てもらう約束してたのに、私、すっかり忘れてて」

真知子の言葉に一瞬むっとしながらも、創太は、ぎこちない笑顔を作りながら会釈《えしゃく》した。

「こちら、亡くなった主人の母なの」

なるほど、そういうことか。

「吉武《よしたけ》さんには、いつも母が御世話になっています。あの、ぼく、なんでしたら出直して来ますが」

上手く調子を合わせた創太の礼儀正しい振舞いに、真知子の義母《はは》は慌てた。

「とんでもない！　真知子ちゃんたら、相変わらず忘れっぽいんだから。あなた、私が今日来ることも忘れてたじゃないの。本当に申し訳ございません」

丁寧な応対に恐縮して創太は、いえいえ、と手を目の前で振った。

「私の用は、もうすみましたので、どうぞお上がり下さい。女ひとりで何かと不便なこともあるかと思いますので、どうか、その折には力になって下さいませね。真知子ちゃん、私は、ここで失礼するから、お茶淹《い》れて差し上げないと」

そう言い残して、何度も御辞儀をしながら、真知子の義母は、立ち去って行った。

後に残された二人は、同時に大きな溜息をついて見詰め合う。

「友達の息子さん、ね」

「だって、どう言って良いか解んないじゃないの」

「疑う余地は何ひとつないって感じだったね。力になって下さいませね、だって。で、調子の悪いパソコン見せてよ」

「何よ、意地悪ね」

居間に入ると、座卓の上には、りっぱな紙の覆いを外側に付けた男の写真が開かれていた。初めて見たのに、創太には、それが見合い用のものだと解った。彼は、手に取りしげしげとながめた。真知子よりもいくつか年上に見える地味な男だった。

「何これ。こいつと結婚すんの？」

缶ビールとグラスを創太の前に置きながら、真知子は肩をすくめた。

「そんなんじゃない。ただお義母《かあ》さんが持って来ただけよ。後妻さん、探してるんだって。もう、自分のことだけ考えても良い頃だからって、お義母さん、言ってくれて」

「……なんだよ、それ……」

怒りを滲《にじ》ませた創太の声に驚いたのか、真知子は、びくりと体を震わせて顔を上げた。

「もう、とっくに自分のことだけ考えてんじゃん。自分、寂しいから若い男引っ張り込んでんじゃん」

「……ひどい言い方しないで……」

押し黙ってしまった真知子に一瞥を投げた後、改めて写真の男を見た。

冗談じゃあない、と思った。こんなさえないおやじと肌を擦り合わせる日常が欲しいのか。それとも安定した未来と引き換えに自分を差し出すのか。

「でも、創ちゃん、私だって、さえないおばさんなんだよ」

「自分のことそんなふうに言うの、真知ちゃんらしくないよ」

「だって、本当のことだもん。私、絶対に自分のこと卑下したりしないつもりだけど、創ちゃんみたいに若い男と付き合ってるからって勘違いしていい気になったりもしないよ。やがて、創ちゃんと別れる時が来るんだろうなあって思ってる」

無言でビールを口に運ぶばかりになってしまった創太を気づかうように、真知子は優しい声音《こわね》で言った。

「見合いは止《や》めてもいいよ。創ちゃんの嫌《や》なことはしない」

真知子は、創太ににじり寄った。そして、横から抱き付き、すると、その瞬間に彼の体からは力が抜け、自分をくるむ柔らかい肉にもたれ掛からずにはいられない。

今は、まだ、これなしじゃあ駄目だ。そう実感する創太の耳許で、真知子は、まるでピクニックにでも誘うような調子で囁《ささや》く。

「行けるとこまで、行ってみよっか」

そうしたら、その後、どうなるのだろう、と創太は考える。そこより先に行けなくなるとは、いったい何を意味しているのだろう。

「おれ、ただ、当分、真知ちゃんとこのままでいたいって思っただけなんだ」

解ってる、と言って、真知子は創太の髪をいつまでも撫《な》でていた。その心地良さに目を細めながら、彼は、なかば捨て鉢な気持で、こう本音を呟《つぶや》きたくなる。当分、が一生続いたって別にいいや。

「さっきのお義母さんに真知子ちゃんて呼ばれてたね。ずっと可愛がられて来た感じがした」

「うん。私の両親は、もうとうに他界してるから、こっちも本当の母親みたいに感じてた。だんなが死んでからも色々良くしてくれてありがたいと思ってる」

あの旨《うま》い玉子もいまだに送り続けてくれるんだものな、と創太は、ここでいつも楽しみにしている濃い黄身の味を舌に甦《よみがえ》らせている。

それにしても、いったい何度、真知子の口から、ありがたいという言葉を聞いただろうか。どってことない、同様、彼女の口癖とも言える。努めて明るく物事を切り捨てるかのような前者に比べて、こちらは、じんわりと何か決して捨てられないものに身を浸すような響き。彼女の過去は、どってことない事柄と、これまで受けて来たありがたい情けが、いくつも絡み合って形作られている。

「もしも、おれと別れても、どってことない？」

唐突に問いかける創太に憐《あわ》れむような目を向け、真知子は、いつまでも、馬鹿だね馬鹿だね、と呟きながら、彼の背を静かに叩いている。

「で、さ、今まで二人でして来たことをありがたかったなんて絶対に思わないで欲しいんだ。約束する？　約束してよ」

言いながら聞き分けのない子供みたいだ、と、創太は自分自身に呆れてしまう。

「それ、どっちも未来に使う言葉じゃないんだよ。だから、創ちゃん、今は、その話、止《や》めにしよっ、ね？」

言われる通り、止《や》めにした。そして、真知子の見合い話に動揺してしまうなんて、どうかしている、と創太は自分に言い聞かせた。はなから長続きさせようなんて、これっぽっちも思わないで始めた付き合いじゃないか。でも、と彼は心の内で、ひとりごちずにはいられない。真知ちゃんとこうなってから、すべてがありがた過ぎるんだよ、と。

それから長いこと、二人は連絡を取り合わなかった。自分がつながりを断つと、真知子の方でもそうなるのだ、と改めて気付いて創太は愕然《がくぜん》とした。考えてみれば、会う時間を作るための主導権は、いつもこちらの方が握っていたのだ。電話をするのも自分。メールをするのも自分。彼女は、いつも、それに合わせていた。誰かと交代した勤務時間などの理由以外に彼を拒否したことはなかった。まるで自分が彼女を都合の良い女のように扱ったみたいじゃないか、と彼は理不尽にも腹を立てた。そして、こっちから絶対に連絡なんかするもんか、と意地になった。時折、彼女の「馬鹿だね」という声が聞こえて来るように錯覚して、気分は、いっきにふさいだ。

母の具合は、どんどん悪くなって行くようだった。例の特別室から無事に出て来られても、もう前のような晴れやかな顔を見せることはなくなった。家にいる時は、常に鬱状態らしく、寝室にこもったままになった。創太が覗いてみると、ベッドの上で頭を抱えているか、酒を啜っているかのどちらかだった。その酒も、もうあまり飲めないのが、酒瓶から見て取れた。瓶の中のウォッカはなかなか減らなくなっていたのだ。

急激にアルコールを抜いた後、たいして長い間隔も置かずに再び飲み始める。体がその落差に耐えられる訳がないのだ。

「どうせなら、ずーっと飲み続けていた方が体のために良いんじゃないの？」

真澄が呆れ果てたという調子で言った。彼女は、なるようにしかならない、と既に覚悟を決めてしまったかのようだ。母に対して乾いた明るさを獲得している。普段、実家にいないせいで、見たくないものを見ないですんでいるということもあるだろう。

そして、もうひとつ。千絵の話では、男とよりを戻したとか。それで得た安心感が真澄の気持を落ち着かせているのかもしれない。

「ボビーの奥さん、死んじゃったんだよ。しかも白血病だって！」

「しかも、って、なんだよ」

「えー、なーんかドラマティックじゃない？」

千絵の無知な言い草に創太はつい、かっとなった。

「何がドラマティックだよ。不謹慎だな！」

「何、怒ってんのよ。最近、創兄ちゃん、変。白血病をドラマティックに描いた映画や小説なんていっぱいあるじゃん。あたしのせいじゃないもんね」

確かにそうだ、と創太は言葉に詰まった。第三者が考える死は、所詮《しょせん》、架空の死。劇的な要素を含んでしまうこともある。澄生の死だってそうだった。けれど、当事者たちにとっては、ドラマのような楽しい興奮など、欠片《かけら》もない現実。真澄の恋人は、さぞかしつらい思いに直面したことだろう。けれども、あの姉のことだ。相手が死んだらどうしよう、と思わないために、あるいは思わせないために、この先、精一杯、心を砕いて行くのだろう。

自分たち、きょうだいには、死をより上手く扱うための技能がある筈だ。そう創太は自惚《うぬぼ》れたい気持になることはたびたびある。しかし、すぐに、落胆する破目になる。兄が死んだ後に変わって行った家族のありようが皆の訓練になったかというと、決して、そんなことはない。死は、いつまでも、自分たちを脅《おびや》かす存在であり、決して慣れることは出来ない。それは、飼い慣らすには、あまりにも漠然として、大きい。生き物が息を引き取るという、ただひとつの事実に過ぎないというのに。

その日、帰宅したら、母が階段の手すりにバスローブの紐《ひも》を掛けて首を吊る寸前だった。

驚いて駆け寄ろうとした瞬間、創太は母と目が合った。すると、彼女は、阻止されまいと急いで両足を宙に上げて、ぶら下がった格好になり、喉《のど》から、ぐえっと音を出した。

慌てた創太が母の体に手を伸ばす前に、母の体の重みで紐の結び目が緩み、彼女は、床に尻餅をついて、そのまま転がった。

ママ！　と叫んで、創太は、母の上にかがみ込んで首に巻き付いた紐を外した。彼女は、酔っているのか、気を失ってしまったのか、目を閉じたままだ。

人工呼吸をすれば良いのか、それとも心臓マッサージなのか、ほんのわずかな間に逡巡《しゅんじゅん》した筈だった。それなのに何故だろう。母のあおざめた顔を見下ろしている内に、創太は、いつのまにか、彼女の首に両手を掛けていたのである。

常軌を逸していたという訳ではない。むしろ、気持は静かで母が助かったことに安《あん》堵《ど》していた。それなのに、彼の手は、今にも力が込められそうになり震えているのである。

ママ、と創太は静かな声で呼んだ。すると、母を好きでたまらないという気持が湧いて来て、涙が溢れた。ママ、ともう一度呼んだ。ぼくの、大事大事。

「創太！　何やってるのよ⁉」

何の用事なのか、偶然帰って来た真澄が大声で叫ぶのと、母がゆっくりと薄目を開けるのは同時だった。創太は、彼女から手を離し、甲で涙を拭《ぬぐ》った。

「創ちゃん」母は、手を伸ばして創太の濡れた頰に触れた。そして、言った。

「そんなことしちゃ駄目。創ちゃん、人殺しになっちゃったら、ママ、かわいそうでしょ？」

必死にこらえていた声がいっきに出た。まるで獣《けもの》のように泣いている、と創太は他人事《ひとごと》のように思った。実際、今の自分ではない人間がここにいるようだ。それは、遠いあの日に、母を追いかけ回していた幼ない子供。

創太は、母のかたわらにうずくまったまま、いつまでも声を張り上げて泣いた。

「……ママ、せめて、死ぬのは明日にしようと思ってみて。そして、毎日、それを続けてみて。おれのために、おれのために、お願いだからそうして下さい」

創太が、そう絞り出すように懇願する背後で、真澄が怒りを滲ませて言った。

「……止《や》めなよ、土下座なんか……」

土下座ではなく跪《ひざまず》いているのだ、と創太は反論したかった。そして、生まれて初めて命乞いをしている。自分ではない人間のために、だ。

「ママ、お願いだよ、でないとおれ……」

母は、その声に操られたかのように、ゆっくりと体を起こし、そのまま床に付いていた創太の頭を両手ではさんで、自分の胸に抱いた。そして、何事もなかったかのような冷静な口調で、いいわよ、と呟いた。

真澄が深い溜息をついた。

「取りあえず、マコパパを、もう一度妻を亡くした不運な男にしないですんだってことよ」

ほっとしたような姉の声を耳に入れながらも、創太は、いつのまにか、まったく関係のない願望に囚《とら》われている。彼は見て欲しい、と思ったのだ。母の胸に顔を押し付けて泣く、あまりにも不様《ぶざま》な自分を、真知子にだけは見て欲しいと切望していたのだ。

(3)

　澄生兄ちゃんの命日に何かやらない？　という千絵の提案は、皆の大反対にあった。もちろん、母にだけは、まだ何も話していない。先程も真澄に、それだけは言ってくれるな、と釘《くぎ》を刺されたばかりだ。

「ママの病気は、もうとっくに澄生と関係ないところまで来ちゃってるのに、命日で騒いだりなんかしたら、またあいつのせいにされちゃうよ。もう十五年以上経ってるのにかわいそ過ぎる。ママに病気の口実与えちゃ駄目」

「そうかなあ。ショック療法で良くなるかもよ？」

「ならない！」

　真澄に激しく拒否されて、千絵は、肩をすくめた。

　母は、このところ、いつもベッドに入って上半身を起こしたまま、ぼんやりとしている。点滴でアルコールを抜いては、またすぐに酒を飲み始めるのをくり返しているなんて体に良い訳がない、と主治医にきつく諭され、再びアルコール病棟の世話になることになった。ただし、どうしても入院は嫌だと言い張るので通院だ。精神保健福祉士さんに車椅子を押してもらい送り迎えされている。依存症による栄養失調で脳が萎縮してしまい、歩行が困難なのだ。体の具合は、点滴だけの入退院をくり返していた頃よりは、ずっと安定しているが、精神状態はあまり良くないらしく、沈み込んでいることが多い。このまま行くと脳症が進み、酒を飲まなくても記憶障害などが出ることもあるらしい。

家族に散々大変な思いをさせて来た母だけれど、そして、そのことで自分自身をなじって、つらい気持を抱えて来た母だけど、と千絵は、これまでを振り返る。でも、澄生兄ちゃんが記憶から消えてしまったら、ママがママでなくなっちゃうんじゃないの？　そう思って、彼女の目の前は暗くなってしまうのだ。だったら一年に一度、自分の息子の死をきちんと認識してもらう方がましだ。

「一年に一度、傷付き直せって言うの？　それに、そのショック療法とやらで、本当にショック死しちゃったらどうするのよ」

ショック死って……と思い、呆れて見ると、真澄は硬い表情で唇を嚙み締めている。

どうやら本当にそういった事態を危惧《きぐ》しているようだ。それにしたって、あまりにも深刻過ぎやしないか、とからかうような言葉をかけたら打ち明けられた。母の自殺未遂についてのことを、だ。

「だから、千絵ちゃんも気に留めておいて欲しいのよ。あの時、偶然に創太がいてくれたから良かったけど、もし……」

そう言って、真澄は声を詰まらせた。

それ以来、千絵は、階段を上《のぼ》るたびに手すり部分をしげしげとながめるようになった。見慣れた筈のものだったのに、もう違っていた。母が死を選んだ時に手助けをするものなのだ、と改めて思った。このがっしりとしたオーク材にまたがって、滑り台代わりに創太と遊んだ日々が甦った。あの頃、澄生は、まだ生きていた。そして、階段の下で笑いながらあたしたちを待ち受けていたのではなかったか。母の死に場所があそこであって良い筈がない。

創太に、母が首を吊ろうとしたのを何故黙っていたのかを尋ねたら、とても話す気にはならなかった、と答えた。

「でも、創兄ちゃんがいて本当に良かったって真澄姉ちゃんが言ってた。すごいね、ママの命の恩人だね」

　創太は、探るような視線を千絵に送った。彼女が目で問いかけると、ふんと鼻を鳴らす。

「命の恩人って、マジで言ってるの？」

「だって、そうじゃん」

「あれは、バスローブの紐の結び方が緩くて解《ほど》けただけ」

「だって、創兄ちゃんが帰って来たから、慌ててそうなったんでしょ？　結果的に恩人じゃん」

「ママは死にたかったんだよ。でも失敗した。おれのせいかどうかは解んないけど、ママの望みは叶わなかったって訳。おまえって、どうして、そう単純馬鹿なの？」

「な、なんなのよ！　その言い方。馬鹿って言う人が馬鹿なんだからね！　創太の馬鹿！　最近、超感じ悪い！」

　突然、笑い声が聞こえたので、二人同時に振り返った。母だった。踏み外さないように、手すりを伝いながら注意深く階段を降りて来る。慌てて創太が母を支えに行き、千絵もその後に続いた。

「大丈夫よ。伝い歩きは出来るんだから。それより、あなたたちっておもしろいのね。ちっちゃい頃とおんなじように喧嘩《けんか》するのね」

母は、ダイニングテーブルに着き、何か食べたいのだと言った。千絵は冷蔵庫からアイスクリームの大きな容器を取り出し、ガラスの器に移してスプーンを添え、母の目の前に置いてやる。最近の彼女と来たら、甘いものを主食にしているかのように良く食べる。特に、嚙む苦労をしなくてすむという理由から、とろりとした物を好んでいる。アイスクリーム、プリン、ババロア、ブランマンジェ。ひと匙《さじ》、口に入れるたびに目を閉じて微笑を浮かべる。彼女の満足気な顔が見たくて、家族の誰もが、その種のスウィーツを持ち帰ることが多くなった。今、澄川家の冷蔵庫には甘いものばかりが詰まっている。

「あなたたちも食べなさいよ」

じゃあ、と言って、創太も千絵もテーブルに着き、母と一緒に神妙にアイスクリームを食べ始めた。たぶん、よその人が見たら奇妙な光景に違いない、と千絵は思った。母親とおやつの時間を過ごすには、自分と兄は大人になり過ぎている。このひとときは、大人がお茶を飲みながらくつろぐというのとは、まるで違っているのだ。針が必ず三時を指していた子供の頃描いた時計の絵。あたしも創兄ちゃんも、今、その時計に従っている、と彼女は、はるか昔に立ち戻った気がして目眩《めまい》を覚える。

「創ちゃんも千絵ちゃんも喧嘩したら駄目よ。何か言いたいことがあるなら、喧嘩する前にママのところにいらっしゃい。なんだかんだ言っても、ママが一番子供のことを解ってるんだから」

調子が良さそうだ。千絵は、やはり母に澄生の命日に正しく彼を偲《しの》ぶべきだと告げようと思った。でなければ、彼は、いつになっても落ち着けない。

「ママ、澄生兄ちゃんの……」

言いかけたところで、創太が目をむいて千絵を見た。その迫力に一瞬ひるんで口ごもっていると、母が尋ねた。

「何？　今日、金曜日だから、澄《すみ》ちゃん部活で遅くなるみたいだけど？」

創太と千絵は顔を見合わせた。恐れていた事態が近付いて来ているのかもしれない、と愕然としながら見ると、創太も同じ思いを抱いたらしく、かすかに首を横に振っている。

「……ママ？……」

千絵が震える声で呼ぶと、母は、アイスクリームを口に運ぶのを止《や》めて、しばらくの間ぼんやりした後、ぽつりと言った。

「あ、そっか」

その呟きをしおに、おやつの時間は終わった。母が寝室に引き上げるのを手伝った後、創太は、千絵を居間のソファに促した。

「千絵、ごめんな。おれ、ここんとこ苛々《いらいら》してて」

「いいよ。なんかあったの？」

創太が答えないでいると、千絵は意味あり気に彼を見た。

「答えなくっていいよ、別に」

きっと、付き合っている女と何かあったのだろう。武郎《たけお》は口が固いから、詳しく聞き出せなかったけれど、相手はうんと年上の女だそうだ。それを知った時、やるなあ、と感心したけれども、心の片隅で、ママの影響？　と思わないでもなかった。

その恋人がどのような人なのかは想像もつかないが、創太は、たっぷりと年上の女の愛情をかけられるべきだ。千絵は、先程まで喧嘩していたことなど、すっかり忘れてそう考えるのだった。

「もしかしたら千絵の言うように、澄生さんのために何かやった方が良いのかもな。ママ、あのままじゃやばい気がするし」

「でしょ？　時々、正気じゃないみたいなんだもん。どうにか、こっち側に引き留めておきたいの。でも、真澄姉ちゃんもマコパパも大反対してる。ママは、このまま静かに日々を過ごして行くのが一番いいって。そうかもしれないけど、じゃあ澄生兄ちゃんはどうなのよ。死んでるんだか生きてるんだか解んない人になっちゃってる」

「年《とし》、取んねえなあ、澄生さん」

　創太が、隅のコーヒーテーブルの上に置かれた澄生の写真の入ったフレームを手に取り、じっと見詰めて言った。どれ、と言って、千絵も、彼の手許を覗き込んだ。すると、端整な澄生の顔が目に入り、その瞬間、閃《ひらめ》くものがあった。誰もが、うっとりとその視線の先を捜した切れ長の瞳。でも、時は止められたまま、もう何も映すことはない。

「ねえ、創兄ちゃん、命日が駄目なら誕生日にしない？」

「はあ？　どういうこと？」

「これからは澄生兄ちゃんの誕生日を祝って、ちゃんと年を取らせてあげるの」

創太は、その案を珍妙だと感じたらしく、噴き出した。

「マジかよ？」

うん！　と言って、千絵は大きく頷いた。澄生の誕生日は五月だ。きっと、心地良い風の吹く誕生パーティになる。絶対に成功させてやる、と彼女は、いつのまにか意欲を湧かせていた。母のためだけじゃない。家族皆のためでもある。もちろん、澄生のためでも。

長い不在は終わり、澄生は、この家に戻って来る。そして、今年の誕生日には、いっきにそれまでの分の年を取る。その後、来年からは、確実にひとつひとつ年齢《とし》を重ねて行くのだ。そう、澄川家の他の人々と同じように。彼が、あたしたちの時の流れに追い付くために、色々なことを語るつもりだ。そこにいるであろう彼に教えたいエピソードが山程ある。澄生兄ちゃんがいない間、あたしたちは、こんなふうだったんだよ、と。

千絵は、自分の思いつきに夢中になった。しかし、それを聞いた武郎は、首を捻った。

「それ、変じゃない？　命日に供養した方がずっと自然でしょ？」

武郎のもっともな意見に、千絵は、それまでの得意な気持はどこへやら、たちまちしゅんとしてしまった。空回りしているように見られている自分が恥ずかしかった。しかし、それでも、澄生の誕生日を祝いたい思いに変わりはなかった。彼の死のせいで、残された澄川家の誰もが、自分の誕生日を強調することなしに来たのだ。母に聞かれないように、息を潜めるようにして、誰かのその日を祝い合って来た。年齢《とし》を重ねて行くべき澄生がそこにいないという事実を彼女に確認させたくないばかりに。

でも、それは、母のために良かったのだろうか。もし、何の躊躇も遠慮もなく、澄生の肉体は消えても面影は生きているという前提で、彼について語り尽くしていたら。ひょっとしたら、他のきょうだいたちと同じように、彼も家族のそれぞれの心の中で成長出来ていたのではないか。そして、かなり早い時期に、母を依存症の泥沼から救うことが出来たのではないか。

　母に対して怒りを覚えながらも、同情に値する哀しい人として扱い続けて来たあたしたちは、共依存だったのかもしれない、と千絵は、つい最近知った用語を澄川家に当てはめてみる。あたしたちだって、母のせいで上手く行かないさまざまな事柄の原因を澄生の死の仕業《しわざ》だとして来た。でも、それが正しくないと、本当は、皆、知っていた筈だ。澄生の死は、あたしたち全員によって濡れ衣を着せられていたってこと。いつまでも、何か悪いことが起きるたびに死んだ人のせいにしていたら、その人はかわいそう過ぎる。

「死んだ人にも新しい年は来るよ。あたしは、それをお祝いしたいんだよ」

「でも、それ、生きてる人間が勝手に思うことでしょ？」

「それがいけないの⁉」

千絵が声を荒らげるのと同時に、武郎は溜息をついて立ち上がった。

「悪いけど、今日は、もう帰ってくれないかな。ここんとこ仕事忙しくってさ。明日も早いから」

「追い出すの？」

馬鹿っ、と笑って、武郎は千絵の頭を軽く小突いた。

「勘弁してくれよ、疲れてるんだって。最近、千絵ぞう毎日来て喋《しゃべ》りまくるからさ、おじさん付いて行けないの」

何、言ってんの？　と千絵は思った。たいして年齢《とし》違わないくせに。

駅まで送ってくれた武郎の後ろ姿を改札の内側から見送りながら、千絵は不安に駆られている。毎日のように彼の許を訪れるのは、会いたいからというのはもちろんだが、実は、彼女は怪しんでいるのである。

発端は創太の何気ないひと言だった。

「千絵、おまえ、先週の週末、津野と一緒に京都に行った？」

「なんで？」

「ほら、おれとか津野の大学の同級生で松尾っていたじゃん？　あいつが見たって言ってたから、一緒だったのかと思って。河原町《かわらまち》に柘植《つげ》の櫛《くし》を売る専門店があるらしいんだけど、夕方、その店の外に津野が立ってたんだって。買い物してる人を待ってるみたいだったって言ってた。松尾の方は上司や得意先たちと一緒だったから声かけないで過ぎちゃったそうだけど」

千絵が何の反応も見せずに黙ったままなのに気付いて、創太は、きまり悪そうな笑いを浮かべた。

「……もしかして、一緒じゃなかった？」

「一緒だったよ！」

もちろん嘘だ。でも、強がった。あたしの兄は全然解ってないな、と千絵は思った。

男女のことに関して不調法極まりない。あたしが武郎を店の外で待たせる訳がないじゃないか。買い物をするなら店先で一緒に選んでもらうに決まっている。店の中にいたのは、まだ彼に遠慮がある女だ。つまり、付き合い始めの女？　これが東京での出来事なら、そんなふうに深読みはしない。でも、京都。そして、柘植の櫛。あたしへの隠し事。疑うなって言う方が無理。心がざわついた。

仰天した、という訳ではなかった。このところ、武郎の様子がおかしい、と感じてはいたのだ。何かを質問しても、心ここにあらずの返事。会う予定だった日に、突然、都合が悪くなることもしばしばだ。いきなり訪ねて行くと、はっきりと拒絶されるまでではなくても、何となく迷惑そうな素振りで迎えられる。

つまり、前とは、何かが違って来ているのだ。倦怠期、とは思わない。だって、ゆるやかにそうなった訳ではないもの。ここ二ヶ月ぐらいのことだと千絵は、カレンダーをながめながら、少しずつ時を遡《さかのぼ》る。無駄かもしれないとなかば諦めてはいるけれども、武郎の変化がどこで生じたのかを把握するべくやっきになっている。そして、そうしながらも、椿油の染み込んだ柘植の櫛を手にした女が武郎に寄り添っているかもしれない、という想像でいたたまれなくなる。

あ、これかもしれない、という日付を千絵はカレンダーの中にいくつか見つけて印を付けた。自分と会っていない日の中から、彼の行動や行き先が不明の日。それらを数えて、こんなにある、と呟いた瞬間、涙が出て来た。何の確証もないというのに、もう胸が締め付けられて、すごく苦しい。初めてだ、こんな気持。もしかしたら失うかもしれない、と考えただけで、ここまで打ちひしがれてしまうなんて。

まったく自分らしくないと思いながらも、千絵は、それからずっと悶々《もんもん》とした毎日を送るようになってしまった。武郎に会って直接尋ねれば良いではないか、と自身に言い聞かせてはみるのだが、予感が的中してしまうのが恐くて連絡することが出来ないのだった。

高校の頃から、ずっと信じ切って来た人だった。裂け目が出来るなんて想像すら出来なかった。互いに可愛がり合い、じゃれ付くことを日常にした仲だった。一番の理解者同士であったことに疑いの余地はない。

しかし、だからこそ、何かが二人の間に起きている、と手に取るように解ってしまうのだった。武郎は、何か、あるいは誰かに心を奪われている。それは、確かだ。

「ねえ、千絵ちゃんの言ってた澄生の誕生パーティのことだけどさあ。私、命日に何かやるのは今も大反対だけど、誕生日って悪くないかもな、なあんて考え直してみたのよ」

喜ばしい筈の真澄の言葉が、今は、ただ頭の中を素通りして行くようで、千絵は咄嗟に返答出来ない。

「もう！　私の話、聞いてるの？　最近の千絵ちゃん、ちょっとおかしいよ」

「そう見える？」

「うん、見える！」

どんなに嫌なことに見舞われても、歯を食い縛って我慢して来た。そんな程度で自分は傷付いたりはしない、と見せつけることに心を砕いて来た。そこで守るプライドが、あたしをあたしらしくしていた筈だ。でも、そのプライドが、好きな男の人の前では、こんなにも脆《もろ》いものだったなんて。

「大丈夫？」

真澄に聞かれて、またもや涙が滲んだ。近頃、すっかり涙もろくなっている、と千絵は、父の口癖のような言い訳をして目の縁を拭った。そんな彼女の肩に手を置いて、真澄は労《いたわ》るように顔を覗き込んだ。

優しい姉、と思う間もなく癇《かん》に障ったのは、武郎に関する不安を打ち明けた瞬間に、真澄が噴き出したからだ。しかも、その後で、かっわいー！　と叫んだ。

「馬鹿にしてるの？」

「ううん、安心してるの。あんたも、ようやく好きな人を失う不安を体験出来たんだなーって。やっと人並だね」

「……何、それ」

千絵が恨めし気な視線を送るのをものともせずに、真澄は、げらげら笑いながら彼女の背を力まかせに叩いた。

「会って問い質《ただ》しておいで！　前に、ボビーに会いに行けって、創太と二人してあれほど私に詰め寄ったくせに、自分は、ここでうじうじしたままでいるの？　良い結果でも悪い結果でもいいじゃない。ふられたら、澄生が、きっと、誕生日に慰めてくれるよ」

なんて無責任な、と呆れながらも、千絵は心を決めた。武郎が、いつも誉める時に使っていた「千絵らしい」という言葉。それを証明するために、きちんと尋ねてみよう。そう自分に言い聞かせて、気持を奮い立たせた。そう言えば、真澄も父に背中を押されてロバートの許に走ったと聞いた。同じやり方で、今度は妹に力を与える。いつのまにか血のつながりなんて全然関係がなくなっていた。二人、明らかに、親子だ。受け継がれているものは、確実に、ある。

休日の朝に押しかけたら、武郎は眠そうに目をこすりながらドアを開けた。千絵は、彼の肩越しに他に誰もいないかを確かめる。こんなふうに探るような心持ちで彼の部屋を見るのは、初めてだ。

訪問客がいないのを知り、千絵は、ほっとしながら、武郎に促されるまま部屋に上がり込んだ。

「なんなんだよー？　朝っぱらから。おれ、もうちょっと寝たいんだけど」

千絵は、少しだけ時間を取って欲しいと頼み、武郎に座るよう指示した。やれやれという調子で床に腰を下ろし、彼は、ベッドに寄り掛かるような格好で、彼女の次の言葉を待った。

話を聞いている内に、武郎は、千絵の真剣さにつられて行くように姿勢を正した。

「あたし、こんな気持でいるの、やなんだもん。武ちゃんとそんな関わり合い方して来なかった」

武郎は、肩をすくめた。

「そんな関わり合い方って、意味解んないよ。千絵ぞうは、いつも、そうやって自分で決め付ける」

疎ましそうな声音が、そのまま自分への気持なのだと思い当たって、千絵は言葉を失った。

「京都に一緒にいたのは、兄貴の奥さん」

そう、ぽつりと言った武郎の答えに、ほっとして力が抜けた。

「……なんだ、そうだったんだ。ごめんね、武ちゃん。あたし、変なこと考えちゃった。あー、なーんだ、ほんと、あたし、おっちょこちょいだなー」

千絵は、わざとらしく胸を撫で下ろした。武郎は、そのはしゃいだ様子を憐れむようにながめていたが、やがて立ち上がり、彼女の側に移動した。そして、ごめんと言った後、打ち明けた。

「でも、おれ、あの人のことを好きになってしまったかもしれない」

呆然としたままの千絵に、武郎は、裏切るつもりなんてなかった、と言った。隠し通して上手く立ち回る気もない、と。自分でも何が何だか解らない。兄の浮気の相談に乗っている内に、日常から足を踏み外したような、そんな気がする、と他人事みたいに当惑の表情を浮かべた。

「その人、お兄さんと別れて武ちゃんに乗り換えるんだ?」

必死に感情を抑えながら問うと、武郎は首を横に振った。

「あの京都旅行が最初で最後だって、あらかじめ言われてたから」

これ以上ここにいたら、常軌を逸した行動に出てしまうかもしれない。千絵は、そう危惧して何も言わずに武郎の部屋を後にした。もちろん、彼がいつものように駅まで送ることはなかった。立てた両膝に顔を伏せたまま、じっとしていた。

千絵は、前のめりになって、ただ歩き続けた。強く握り締めた両の手に爪が食い込んで痛かった。武郎の義姉《あね》が言ったという、最初で最後という言葉が、いつまでも頭のどこかに響いていた。

さぞかし恍惚《こうこつ》とした逢い引きだったんだろう。

ふと、そう考えて、千絵は、自分の中に逢い引きなどという古めかしい語彙《ごい》がしまわれていたことに驚いた。

しどけない姿で髪をくしけずる女の姿が目に浮かぶ。しかし、その女には顔がない。

千絵には想像もつかないけれど、武郎の網膜には、しっかりと焼き付けられているであろう顔。決して手に入らないが故に、狂おしく欲望を急《せ》き立てる誰かの女。そして、その誰かとは、最も背徳的なことに、兄なのだ。

死ね。口をついて出た。武郎なんか死んじゃえばいい！

かつて、死んで欲しい人のリストに載せたのは、あたしに危害を加えた人々だった、と千絵は唇を噛む。それなのに、今、好きで好きでたまらない人の名を、そこに書き込もうとしている。いったい、どうして？　愛って、危害なの？

死ね、大好き、死ね、大好き……その二つの言葉の関連性が解らないまま、まるで、まじないの文句のように呟きながら、千絵はいつのまにか入り込んでいた知らない路地を歩いた。

途中、何かに躓《つまず》いて派手に転んだ。どんな石かと思って、歩いて来た道筋をながめたが、何もない。立ち上がる気力もなくしゃがみ込んだままの千絵に、ひとつだけ解ったことがある。それは、死ね、と、大好き、が組み合わさると、人は、何もないところでも躓くことがある、ということだ。

(4)

「澄生の誕生日、うちの店のシェフにケータリングの料理頼もうと思うんだけど」

真澄の提案に、いいんじゃない？　と創太が同意した。言い出したくせに、すっかりやる気を失っている千絵の代わりに、彼女が幹事よろしく張り切っているのだ。命日の供養には、あれほど反対したくせに、誕生日と聞いた途端に意気込むのは、いったいどういう訳だろう。死よりも生を重要視しているからなのか。いや、たぶん、生を強調することによって、死の悲しみを少しでも薄めて行こうという魂胆に違いない。死者をかわいそうな人にしたくないのだ。

ある特定の人物をかわいそうだと思った時、人は、その気持に拘束される。続いて行く未来のない死者に対してならなおさらだ。だって、死んでかわいそうなままの人かもしれないのだから。だから、それを拭い去る機会に、澄川家の人々は飛び付いたのだ。若くして命を落とした澄川澄生の不幸は、今度の誕生日でちゃらになる。彼の死は、すべての人間が経験する儀式のひとつに過ぎないと受け入れられるのだ。そして、肉体を持たない初めての家族の一員として、改めて歓迎される。なんという、奇抜なアイディア！　死者に、ハッピーバースディと歌うつもりか。突飛で、愉快で、愚かで、そして、たまらなくあったかい連中だよ、まったく。

澄川家では、あの事故以来、パーティという言葉はなくなった。祝い事は極めて慎ましやかに、家の片隅で、囁くかのように営まれた。誰の誕生日もおおっぴらに喜び合わないで来たのだ。生きていて実際に年齢を重ねて行く人々が、死者に気兼ねし続けたという不思議。もちろん、それは、息子の死を自分の細胞のひとつの死と混同した母のせいである。彼女は、その壊死《えし》したと思い込んだ部分を保ち続けた。本当は、もっと早くに、それを切除していれば良かったのだ。そうしたら、とうの昔に、切り離された一部は、新しい細胞として再生していたかもしれないのに。

遅過ぎたかもしれない。でも、まだ、かろうじて母は正気を保っている。あれこれと気を揉《も》む家族の前で、彼女は、まだ残っている澄んだ脳みその欠片を有効に働かせて、こう言った。

「澄ちゃんの誕生日？　じゃあ、ママ、ケーキ焼かなきゃならないじゃないの。ハンドミキサーの調子がおかしいままだから、買い替えなきゃ。あと、スパチュラの柄《え》が取れてる」

皆が驚くほど、すらすらと必要な用具や材料について語った後、うっとりとしたように目を閉じて言った。

「素敵な五月になるわね」

突然、しゃくり上げたのは父だった。他の皆は、困惑したように彼を見ていたが、母は、からからと笑って手招きするのだった。

「馬鹿ね、マコちゃん、何、泣いてるの？　こっちいらっしゃいよ」

母は、自分の座る椅子の前で父をかがませ、両腕でくるむように彼を抱き締めた。誰もが、その時、抱き締められるのではなく、父を抱き締める母を初めて目にしたと思う。

まだ桜のつぼみが膨らみかけたばかりの、早い春のことだった。

母の快諾とも取れる反応に誰もが安堵し、五月の誕生日に向けてのプロジェクトめいたものが進み始めた。十五年以上も沈殿していた空気が、突然、軽くなって、開け放たれた窓から出て行き、新しい風が吹き込んで来たような感じだった。誕生パーティ！　ようやく禁止用語でなくなったこの言葉が発せられない日はなかった。

そんな中、千絵だけは、時折、沈んだ様子で部屋にこもってしまうのだった。

武郎の告白以来、二人は会っていなかったが、彼からは、ひんぱんに連絡があった。

しかし、千絵は、電話に出ることもなければ、メールの返信をすることもない。

ただ、会って欲しいとだけある文面が何を意味するのか解らず、恐ろしくてたまらない。きちんと区切りを付けようとしているのか。それとも、もう一度やり直したいと伝えたがっているのか。後者なら嬉しいけれども、前と同じような態度を取れるかどうか、まったく自信がない。そう母に打ち明けてみた。どうせ話す内容自体が理解出来ないに決まっている、と見くびって、包み隠さずに喋った。

するとと、まったく予期しなかったことに、母は、あたかも恋愛の達人だった女のように、こう賢明に助言するではないか。

「京都旅行が最初で最後じゃなかったわね。あと一度だけあればって切望して、その後も何回か寝たわよ。そして、憑《つ》きものが落ちたのよ。千絵ちゃんの大切さが、ようやく解ったのね。戻って来るつもりよ」

「もし、戻って来たら……？」

「そしたら、千絵ちゃんから捨ててやるのよ」

この人は、本当に、ママ？　とでも言いた気な怪訝な顔つきで、千絵は、いつまでも母から目を離せずにいた。

どういう訳か母が誕生パーティに前向きな態度を示してから、子供たちは、それまで敬遠しがちだった彼女の寝室に、しばしば出入りするようになった。それまで実家に戻って来ても、様子をうかがう程度だった真澄も、訪れるなり寝室に行き、彼女との対話の時間を少しでも多く持とうとしているようだった。たぶん、皆、思い出したのだ。彼女が病人である前に、愛すべき母であったことを。たとえ、どんなに沢山の問題を抱えていても、その事実は変わらないということを。

創太は、時折、母の耳許に自ら顔を寄せて、わい、わい、わい、と囁いた。その瞬間、心ここにあらずといった調子でいた彼女は笑い出し、子供のようにはしゃぐ。すると、ずれていた眼球が定位置に戻り、目の焦点が合うのだった。

創太もまた、自分の恋愛について明かしていたが、母が、千絵にしたように助言することはなかった。それでも、ただひと言だけ口を出した。

「どっちかが、明日死んじゃったらどうするの？」

別に深い意味などなかったのかもしれない。けれど、創太は、その問いに答えられずに絶句した。そして、長い間、無言のまま何かに耐えていたが、やがて、吐息がこぼれた。

「そうだね、ママ、本当にそうだね」

すると、母は、再び焦点の合わなくなった目を宙に向けて、そうよお、ほんとに、そうよお、とゆったりと微笑《ほほえ》むのだった。

誕生日の当日、真澄は、ロバートを従えてやって来た。彼は、完全に、その日本人ガールフレンドの下僕《しもべ》と化し、嬉々として彼女の命令に従っていた。自分の店から持って来たアンティークのリングに丸めた麻のナプキンを通したり、ボンボニエールにチョコレート菓子を空けたりしている。

その横でケータリングサーヴィスの従業員たちに指図する真澄は、まさに采配《さいはい》を振る女上司という雰囲気で、千絵の手伝う余地などまるでない。

「なるほどねー、ずーっと、ひとり身で仕事に邁進《まいしん》して来た女って、こうなるんだー」

手を出そうとするたびに邪魔者扱いされる千絵が、不貞腐《ふてくさ》れたように言った。

「こうなるって、どうなるのよ」

「彼氏、こき使って平気な強ーい女。おっかなーい。あたしは、なるべく早く可愛いおくさんになるんだもーん」

「うるさい！」

そうたしなめるけれども、真澄の声は浮き立っている。今日という日が残りの人生の最初の一日。彼女は、前に観た大好きな映画のフレーズを思い出し、心が躍りそうで仕方ないのだ、とロバートに告げる。ああ、『アメリカン・ビューティー』？と彼は指を鳴らして同意する。

ようやくテーブルの準備は完了し、父が母を連れに行く。創太がシャンパンを開ける役を買って出て、真澄も千絵も席に着き、ロバートが椅子を引いて二階から降りて来る母を待ち受けた。いよいよ、とっておきの午餐《ごさん》が始まる。

「うわあ、なんて素敵なの？」

母は、感嘆の声を洩《も》らしながら、父に支えられ、ロバートの助けを借りつつ、腰を下ろした。彼女の隣の席は、本日の主役のために空けられたままだ。

軽快な音と共にシャンパンの栓は抜かれ、創太の給仕で全員のグラスに注がれた。

乾杯の音頭を取るのは、家長である。近頃、泣き虫とからかわれることの多い父は、グラスを掲げた段階で、もう既に涙ぐんでいる。

「じゃ、澄生くんに」

それだけ言って声を詰まらせてしまったので、真澄が後を引き取って言い直す。

「澄生に。久し振りのお誕生日、おめでとう」

続いて、全員が口々に彼らの呼び方で主役の名を呼び、次々とグラスを合わせた。開け放したフランス窓から吹き込んで来る五月の風のための風鈴のように、クリスタルグラスが澄んだ音を何度も何度も響かせる。気分がいいったら、ない。五月の風をゼリーにして持って来い、と綴《つづ》った詩人は誰だっけ。シャンパンに溶かして口に含んだ方が、はるかに美味だと教えたいくらいだ。

澄川家の人々は、過去のあらゆる思い出を語り尽くさんばかりだった。合間合間に、ロバートの驚嘆や相槌などがはさみ込まれ、昼下がりの宴は、おおいに盛り上がっていた。話の途中で、空いている席に置かれたシャンパングラスを誰かしらが手を伸ばして飲み干し、再び注ぎ直して元の位置に戻した。

そんなふうに、皆が、上質の酔いに浸り切っている最中《さなか》、突然、玄関のチャイムが鳴った。怪訝な表情で顔を見合わせる人々の中、創太が、忘れてたと言わんばかりにはじかれたように立ち上がり、新しい来客を出迎えに走った。

創太に促されてダイニングルームに入って来たのは武郎だった。彼が自己紹介をするやいなや、席に着いている全員が千絵を見た。彼女は、顔を真っ赤にして、余計な世話を焼いた兄に抗議した。すると、武郎が彼女を遮って言った。

「おれが、どうしてもって頼んだんだよ。だって、おれ、千絵ぞうに会いたくて。許してくれなくても、もう一度、会いたくて」

千絵は片手で口を覆ったまま、横を向いたきり黙っている。

「な、前みたいに戻ろう？　一緒にソファでくっ付いて、一枚の毛布を引っ張り合いながら映画観たりしよう？」

へえ？　そんなことしてたんだ、と茶化す真澄をロバートが小突いた。

武郎は何度も懇願した。もう恥も外聞もないという感じだった。しかし、それでも千絵が黙っていると、今度は、体を折り曲げて深々と御辞儀をした。

「許して下さい！　お願いします！　おれ、澄川千絵さんのために、なんでもします！」

それまで沈黙していた千絵が、ようやく武郎に向き直り、上目づかいで彼をにらんで言った。

「じゃあ、結婚してよ」

言葉を失った武郎に、千絵はたたみ掛けた。

「そんなに言うんなら、あたしと結婚して、死が二人を分かつまでって誓いなさいよ」

しばらくの間、あたりは静寂に包まれていたが、それを破ったのは、またもや真澄のからかうような声だった。

「どうすんのお～？」

我に返ったのか、武郎は姿勢を正し、直立不動になって大声で答えた。

「はいっ、誓わさせていただきます」

あの日本語って正しいの？　とロバートが真澄に尋ねたが、彼女は無視して、ぱんぱんと手を叩いた。すると、全員がその音に続いて同じようにし始め、それは、次第に盛大な拍手となった。

武郎は、しきりに頭を掻《か》きながら、義理の父と母になるであろう二人に挨拶をした。

母は、たいして興味がなさそうに彼の口上を聞いていたが、途中で飽きたのか、話の腰を折って、隣の席を指差して言った。

「ここ、空いてるわよ」

千絵が慌てて母を止めた。

「ママ、その席は……！」

いいのよ、と母は隣の椅子の背もたれを叩いて、武郎に勧めた。

「澄ちゃんには立っててもらうから」

かたくなに辞退する武郎を見かねて、創太が予備のスツールを運んで来た。武郎は、ほっとしたようにそれに腰掛けて、一件落着ということになった。

誕生パーティに婚約披露という祝い事が重なり、誰もが上機嫌だった。真澄の考え抜いた料理の数々は見る間に平らげられ、シャンパンやワインの栓は次々と抜かれた。祝福が空気に満ちていた。

異変に気付いたのは父だった。彼は、極力、妻から目を離さないよう気づかっていたが、幾度も幾度も注がれる酒のためにグラスを上げて、ほんの少しの間だけ彼女のことを忘れた。再び視線を戻した時には、彼女は目を閉じ、アイスクリームの匙をくわえたまま脱力していた。

「美加！」

父が母の体を揺さぶるのに気付いて、真澄が悲鳴を上げた。あたりが凍り付いたかのように静まり返ったかと思った次の瞬間、今度は大騒ぎになった。泣き出す千絵。絶糾する創太。立ち尽くすロバート。真澄が母のドレスのサッシュを緩め、父は、何度も名を呼びながら、その体をかき抱《いだ》いた。今、救急車を呼びますから、と武郎があたふたと電話をしようとしている。

誰もが必死になっている間を縫って、こちらからも近寄った。そして、母の耳に、息を吹き込むようにして呼んだ。

「ママ！」

強い、強い息だ。何度も吹きかけた。すると、それが功を奏したのか、母は、ゆっくりと目を開けた。そして、自分を見詰める心配そうな面々に微笑んで見せた。

「なんか、ママ、久し振りにケーキなんか焼いたから疲れちゃったのね」

皆、いっせいに安堵の溜息をついた。たぶん、全員が経験する、これまでで最も深い溜息だ。

もちろん、ぼくも長々と息を吐いた。心から、ほっとしたのだ。だって、ママ、あなたが、今、呼吸を止めてしまったら、ぼくが雷に打たれて以来、ずっとずっと、これだけの長い間耐えて来た甲斐《かい》がないじゃないか。まだ、もう少しだけ、このまま楽しませてはくれないか、人生たちよ。

ママのケーキを！　と誰かが叫んだ。

そう。ママのケーキを切ってくれ。

〈完〉

解説

長嶋有

震災で大勢が亡くなってまだほどない頃、ビートたけしはこんなことをいった。

「あれを二万人が死んだ一つの事件と考えてはいけない。一人が死んだ事件が二万件あったと考えるべきだ」と。

それは名言だったから、多くの人が引用し、僕もことあるごとに思い出した。

だけど、それだけでもまだ言葉は足りない。一個の名言はどれだけ素晴らしいものでも、それは単純な効果しかもたらさない。震災のほぼ一年後に執筆された本作は（震災を意識したかどうかは分からないが）、そんな言葉のさらに先を見据え、小説という（冴えた名言よりも面倒で迂遠《うえん》な）やり方を駆使して取り組んだものだ。

二万人なら二万の死があるとして、その一つ一つの死は一種類の哀しみしか生み出さないのではない。取り残された家族それぞれに個別の、まるで異なる哀しみが生じる。「受け止める人によってその種類が違うのは明らかだ」まったく。本作では、一つの死を巡る三人の子供達のそれぞれが直面する哀しみの様相を活写すべく、彼らの現場に文章は寄り添い続ける。

作者は彼らのため、断固たる手つきで悲劇を与えた。まず、愛すべきヒーローである兄を若くして「即死」させたのだが、その手前から実は悲劇が予見されている。アル中で家族を苦しめる前から母親はトロンとした頼りなさが見てとれたし、ヒーローの兄だってどこか出来過ぎで、第三者（あらゆる読者は第三者である）にとって、うそ寒さも感じさせる人物として描かれた（たとえば同じ作者の『ジェントルマン』を読んでいたら、むしろドキドキしてくるくらいに不穏な人物造形のはずだ）。あらかじめ示唆された母の弱さや兄の残像によって、彼らは長い時間を苦しみ続けることになる。

作者は彼らにただ深い哀しみを与えたのではない、それぞれに「長い時間」も用意した。作者の多くの作品の中で、長い年月が過ぎる。生まれて死ぬまでの一代記ではないにしても、少年少女は成人し、中年は老年になるくらいの。ただ瞬間瞬間に発揮される個性や選択とは別の、長い時間を経たのでないと生じない気持ちの変化や地味な気付きこそが(小説の)描くべき重要なことと思わせられる。

小説の中で「ただ」時間を経過させることは簡単だ。「あれから十年、太郎もすっかり大人になった」ほら、すぐに書ける(それこそ、雷に打たれて死んだ、ととりあえずはすぐに書けるように)。だが、ただ過ぎたのではないように人物達と時間(成長や諦め、気付くことや忘れること)を描くのはとても大変なことなのだ。時間それ自体が、作者の描く一つの主人公といっていい。実際、主人公の一人である姉の真澄も「長い時間」に「本当の私」が「作られて来た」と実感して唇を噛《か》んでみせる。ただあるときの人の個性を抽出してみせる小説よりも本作に強度があるのは、作者が時間を描く困難さを厭《いと》わないせいだろう。

長い時間を描くことの利点として、作者の作品には必ず、若い者と若くない者とが混在する。作中人物は年上や年下の恋人を持ち、それらはただの「都合での登場」ではない存在感を発揮してみせる(本作なら創太の恋人、真知子がそうだ)。大抵の青春小説が、若者「だけ」で描かれるだろう。保護者達は遠景に置かれるか、むしろ無理解な敵として描かれ、理解者たる大人も都合良く「格好良くいるだけ」だ。私小説的でない作家も、若いうちは若者の気持ちを、加齢したらそのときどきの年齢の主人公を設定していくものだ。だが作者はいつでも、大人、若者、双方の現場に個別にある屈託や不自由さを見据えている。

作者のいくつかの作品で描かれるセンセーショナルさに比べると本作は一見地味でもある。特に本作の前後に描かれた『賢者の愛』『ジェントルマン』は、ともに性愛について（二作ともまるで異なるアプローチで）踏み込んだ作であり、「山田詠美らしい」と多くのファンが思うのもそっちだろう。それら二作では「平凡な、絵に描いたような幸せそうな家庭」を主人公達はときに侮り、攻撃のようなことさえする。今作はどちらかといえば、「平凡な、絵に描かれた」側の話だ。僕は（それら二作にも唸《うな》らされたが）地味な本作にこそ、作者の醍醐味《だいごみ》が炸裂《さくれつ》していると思う。これは、「山田詠美が書いたサザエさん」だ（！）、と。

本作の人物達は、他の作品ではときに侮られもする「家族の幸せ」を、自然にでなくはなはだ作為的に、ミッションとして履行せんと奮闘する。「再婚は、大成功だった」とまず真澄はいう。「家族の結束を見せびらかしながら、さも、それが当り前であるように振舞う」ことを希求したし、母はふわふわの甘いお菓子で「家の中を演出」し、創太は姉に父を思う存分「使いこなして欲しい」と願う。

作り物の、欺瞞《ぎまん》に満ちた一家と否定できそうなところ、彼らは大真面目だ。一般には空虚とされそうな「ミッション」だが、彼らはそう思っていないことが読むほどに分かってくる。作中にそれを糾弾するものは現れないが、彼らはいうだろう。「自然に」なんかではない、より真剣なミッションとして家族を履行するのだ、と。

そもそも、作者は「逆説」の名手だ（たとえば『ぼくは勉強ができない』という作品が端的で、題名自体が「逆説」を示唆している。勉強こそが大事だという世の中の「普通」に対してだ）。破壊的な『ジェントルマン』を書いたあとで、それだけではない、と本作を書き、そしてすぐさま『賢者の愛』を書くように。

本作でも、たとえばいじめられる千絵は、「くだらない連中に何か不快な目に遭わされても怒ってはいけない、同じレベルになってしまうから」という一般的な説を示したあとですぐさま「あたしは、むしろ、怒らなければ同じレベルになってしまう」と考える。

「誰かと恋人同士になるたびに、この人が死んだら、私、どうしようって胸が締め付けられそうになるの」と姉はいい、「でも、あたしは違う」と妹はすぐさま逆説を思う。「自分が死んだら、この人はどうなるんだろう、と思いを馳せる側の人間に、あたしはなりたい」と。

普通はこうだろうが、という前置きをしてから「私」は「真逆だ」と「(すぐさま)いう」作者のやり方は、ただ考えを示すより強い印象を与える。強いというのも作者の特徴で、山田詠美作品によく出るフレーズ「欠片もない」という言葉に僕はしばしば怯《ひる》む。大抵「かけら」とルビがふってあるが、ないこともあって、僕はみつけるたび「けっぺんもない、けっぺんもない」と繰り返す。その修辞を僕は(同じ小説家なのに)一度もできたことがないのだ。強くいいきる自信に満ちた感じに怯むのだが、それは作者が強気だということではないことも分かっている。

小説を書くと分かるのだが、きっと(作者のみならず)あらゆる書き手に自信などない。ああ、恣意的に人を殺したり、あらゆる運命を司《つかさど》ることのできる「作者」という存在よ。なんでもできるからって、安直に人を殺したりせず、なにごともない日常を淡々と描くことが挑戦だ、と僕は思っていたけど、そんなの本当か。あらゆる作者にも「時間」は非情に流れる。今、投げられる球を渾身《こんしん》の力で投じるしかない。ぼんやり投げずにいたら、どんどん大事な人が死ぬ。それこそ一度に二万人どころでない勢いでだ。

　本作は最後に大きな逆説を示す。普通は「命日を偲《しの》ぶ」ところ、死者の誕生日を祝うというやり方で。人生に数式のような正解はないし、小説は万能の薬ではない。それでも多くの読者はこの逆説によって、かつて詩人が称《たた》えたところの五月の風を、小説を読むという時間を過ごしたことで味わうことができるはずだ。作中の創太はいう。「愛ってさ、世の中のすべての人のための言葉じゃん」「万能薬みたいなものに思える。そういうのおれには合わない。おれの用語じゃない」と。世の中のすべての人には効かないかもしれない迂遠な言葉、それこそが小説だ。万能でないと知りつつ、苦心して投げ続けるのだ。

　ところで、冒頭に「名言」を引用して、小説は名言と異なるやり方だと僕は書いたが、本作は名言にも満ちている。「苛めは、ひとりになりたくない人間が、どうにかして力を蓄えようとした時に編み出す卑劣な知恵だ」と定義される。卑劣だけど「知恵」だと。作者は、その行為には与《くみ》しなくても、言語としてはひたすら厳密に正しいものを与えようとしている。そういった厳密さは、家の中を微細に進行する退廃を憂うのと同じ「品」として小説全体を覆う。
「かわいそう」という言葉について創太が思った言葉を、僕は長く忘れない。優れた小説は、優れた名言も兼ねるのだ。そして、文学とは実学なのだと改めて思う。

——作家

この作品は二〇一三年二月小社より刊行されたものです。